土地的吶喊

曹秀 著

序言　寫好作品等待出版

寫好作品等待出版，這是我的寫作經驗，以前越是著急寫越寫不出好作品，只有寫出好作品後一邊修改一邊等待出版社來找自己。這樣寫出的作品不論從哪個角落都有希望，報刊心甘情願發表，出版社心甘情願出版，而我也是心甘情願寫作。現在的寫作跟現在的讀者有一種互動關係，這種互動雖然不如明星熱烈，但也讓人產生一種尊敬，偶爾還有一種趾高氣揚感受。其實現在的作家與讀者關係不是讀者或作家的關係，而是一種你寫出多少作品我願意看，寫出多少作品我不願意看，讀者是真正上帝。過去是讀者等待作家寫出作品，現在是讀者選擇作家作品，同一作家有不同讀者選擇，同一部小說也是如此，也有不同讀者選擇。因此，我提出寫好作品等待出版的論點，對作者是機會，對讀者也是機會，對市場更是機會，有好作品就出版，沒有好作品絕不勉強。

小說是什麼，很多讀者都知道，可是現在的作者似乎不知道了，他們以為小說就是編造的，因此他們讀小說時並不讀小說的思想是什麼，小說表達了什麼，他們只看小說裏有沒有性描寫，有沒有珠寶描寫的線索，這樣的小說靠短篇能出奇制勝嗎？看看現在的報刊絕大多數都有短篇小說，可是無非是一些愛情的描寫，與人民生活背道而馳，這樣的小說有意義嗎？我的這部短篇小說集就是獨樹一幟，力爭在藝術上有所創新，在形式上有所突破，在思想感情方面有所開拓，在市場方面有所收穫。當有讀者讀到我這部小說時，能提出建議希望以後的小說如何寫出，這是我的希望，也是我對臺灣同胞的希望，畢竟咱們都有中國人的良心。

目次

土地的吶喊

1

鄉下的太陽起得早，雞還沒叫，太陽漸漸透露出鮮紅的腦袋。其實鄉下人比太陽起得早，太陽尚未出時有人已經起床了，只不過沒有人吃驚，起早原本就是平常的事，早上三點半晚上看不見是正常的，莊稼人誰不起早，誰又不幹莊稼活呢？

雞叫時，在一家小院裏響起了鍬鎬的碰撞聲，這是莊稼人幹活的標緻。在小院子裏幹活的老漢，他姓馬，人稱馬八成。

此刻，馬八成彎著腰聚精會神地幹活，在這沉靜的早晨，在太陽升起的時刻，能這樣忙碌的人肯定也是勤勞之人。實際上，在太陽還沒升起時馬八成已經起床了，雖然看不清對象，但他摸摸索索在院子裏幹活。現在是陽春三月，正是春天來臨，眼看種地時節到了，莊稼人已經準備完工，唯獨馬八成家院子裏還有些雜亂無章，馬八成就想利用早晨收拾一番。

馬八成所以起得這樣早，有兩個原因，一個是妻子不讓他睡覺，二是他想在春季來臨時，找到村長要回自己的土地。馬上開春了沒有土地種什麼？其實馬八成是有土地的，只是他不願意在農村住，加上村長對付他沒辦法只好逃走。

要說馬八成也夠倒楣的，本來他在南方一家企業幹得挺好的，可是那家企業拖欠工資，馬八成幹了幾年也沒領到錢，家裏老婆要養活只好回來了。昨天晚上妻子還埋怨他在外野了幾年錢沒賺到辦事能力減小很多，馬八成忍氣吞聲藉口說不是那回事，可是妻子仍舊嘲笑罵他是窩囊廢異想天開，老了還不靠譜。

現在回顧昨晚的事尚未平息，早晨的事又讓他心有餘悸，早上時馬八成走路看見以前承包自己土地的劉二拐，跟他說自己回來了你得把土地還給我。可是劉二拐說長道短，還推出村長，說是村長有話地包給別人了。

「我的地包給誰了？」馬八成憤憤不平，可是他又沒辦法。

劉二拐與村長有親戚關係，他們不可能輕而易舉還自己土地。馬八成以前也與他們鬥爭過，可是幾次鬥爭都面對失敗。馬八成心有餘悸，只好悄悄在自己以前承包的土地上看一看，希望找到證據。

三月的小清河已經在解凍了，清澈的河水潺潺淌著，預示著今年又是一個大豐收。這裏是城市的近郊，當城市擴大化後這裏理所當然要被城市規劃，所以這片土地特別值錢，附近的農民都靠它們富裕了。

可是馬八成心裏很難受，自己的土地要不回來，還需要受他們的氣，這個世界到哪裏說理去。馬八成走馬觀花，看著自己曾經種過的地，心裏或多或少有些酸楚。他有些想不通，搞活經濟怎麼是現在這樣，農民自己的土地都搞沒了還不讓他們說話，到哪裏找回自己的公理，到哪裏找回自己的天道。

馬八成的心越來越煩躁，在小清河岸畔有一片肥沃的土地，這就是他馬八成承包的，當年分配給他時還是因為他曾經是知青，是這片土地的創始者。沒想到幾十年過去，這片土地換了主人，而且換了一批又一批，現在馬八成想要回土地卻是如此艱難險阻。

為了找村長，馬八成早早起來了。現在的錫伯村比以前熱鬧多了，一清早就有人放廣播，電臺裏湧現明星的聲音。好歌也要有人聽，馬八成聽了一會兒，覺得這歌有些軟，沒力量，不如城裏歌星唱的動聽，唱得有情緒。馬八成不想聽了，可是他關不了廣播，這是村長放的。馬八成一肚子抱怨，這個村長也不知怎麼了，每天一大早就放廣播，口口聲聲說給村子增添新鮮血液。馬八成不懂，這些亂七八糟的歌曲是誰唱的，可是他知道這是村長亂放的，他管不了村長。村長是以前村長的兒子，白楊，又是返鄉大學生，與自己有千絲萬縷的聯繫。

面對這樣的年輕村長，馬八成即使有幾個腦袋也得不到幫助，有可能還要受新村長的氣。

2

有人說新村長是馬八成私生子，馬八成心有餘悸，這怎麼可能呢？當年他跟大蓮花那麼親近她也沒說實情，現在村子裏的人怎能望風捉影呢？俗話說無風不起浪，如果說是馬八成私生子也沒錯，起源還需要從馬八成當年說起。

三十年前，馬八成上山下鄉到這裏，沒過多久他當了知青隊長，當時叫挑重擔，用現在的話說也是勞動模範。馬八成清楚記得當年他第一眼看見這裏時，他是如何的心血沸騰，村子裏沒有幾家有錢人，家家都有困難，窮是典型標緻。他發誓改變這裏的窮面貌，於是他向上打報告申請落戶，在村子裏當了隊長。當知青大返城時，他仍舊留在鄉下，實踐自己的諾言。有人嘲笑他傻，頭腦有病，可是他仍在努力，而且找了坐地戶的姑娘為妻子，從此他就是典型的山裏人。

一晃就是三十年，真快呀，然而這三十年他記憶猶新。馬八成清楚記得有兩件事他記憶猶新，一件是與隊長爭媳婦，一件是與知青爭打頭的。

隊裏有一個姑娘很漂亮，她叫大蓮花，每天吸引很多年輕人圍前圍後，馬八成也圍。幸運的是大蓮花對馬八成情有獨鍾，這事讓隊長很不舒服，他找到任公社書記的叔叔，說什麼也要得到大蓮花。

馬八成不論想幹什麼都有書記在前擋著，漸漸地，隊長佔有了大蓮花。為這，馬八成很生氣想方設法與隊長爭。

最後隊長使出了殺手鐧，他把馬八成叫到角落低聲問他：「你是要媳婦還是回城？」

馬八成說：「媳婦要，城也回。」

隊長憤憤地說：「這是不可能的，在這一畝三分地裏只有我種我收，你想種是不可能的。」

馬八成反駁：「我想種也想收，你的媳婦我也種，城是不回了……」

就這樣，馬八成帶著怒氣留在鄉下，當知青大返城開始時，馬八成與大蓮花打得火熱。可是馬八成還是沒逃過隊長叔叔的懲治，他說馬八成風氣不正敗壞了知青聲譽，於是一聲令下馬八成不能回城，人也下放到更艱苦的地方，錫伯村。

錫伯村實際上就是光棍村，原來這裏只有十幾戶人家是錫伯族，因為他們絕大多數是從過去戰火中逃避後到這裏的，只是村裏幾十個男勞力沒有一個是成家的，馬八成來了搶先在這裏成了家。可是成家也沒用，隊長的叔叔仍不死心，每天派人來錫伯村搗亂，說抓馬八成就抓馬八成，還說批鬥他的媳婦，最後逼得馬八成只好逃走。

馬八成逃走後並不甘心，他決心與隊長搞爭奪戰，你不是農村有權勢嗎？他就上訪告狀，可是上訪也沒用，隊長的叔叔權勢數一數二，馬八成只好忍氣吞聲。

然而忍氣吞聲也不行，改革開放後生產隊改變了。隊長當了村長，對付馬八成更加變本加厲。有時隊長媳婦大蓮花為馬八成說話，結果隊長懲治馬八成更加惡毒，不僅吃的口糧少，連村裏殺豬也不分給馬八成，逼得馬八成再次離開村子逃走了。

讓馬八成沒想到的是，村長後來死了，據說是大蓮花害死的，可是沒有證據證明是大蓮花害的，所以誰也沒辦法處理她。

大蓮花與馬八成到底有沒有一腿，很多村民說不清，他們有的說有，有的說沒有，誰見過有呢？然而提起大蓮花與馬八成的關係，很多村民還是說長道短，而且說得神乎其神。

最有鼻子有眼的就是劉二拐說的，他說當年他見過大蓮花與馬八成在高粱地約會的事，還說他們的確摟在一起了。

三十年前，馬八成第一次來到這裏時，他還是一個年輕小夥子，鄉親們都叫他小馬。日子過得真迅速，一晃就是幾十年，小馬真的老了，老得變成了老馬。

可惜的是老馬沒有小馬，結婚幾十年就是沒有孩子，有人說養兒防老，如今沒兒怎能養老，馬八成開始為自己擔心了。年輕時，他曾因為沒有孩子請村長救濟，可是村長嘲笑他你沒孩子怪誰呀？誰讓你那東西不好使呀？

馬八成氣憤地帶著這種恥辱離開村長，離開村子，漸漸變成老馬。後來村長喝酒死了，剩下大蓮花要跟馬八成過。可是馬八成不同意，他不能撿村長的便宜，實際上他是不想跟自己原配妻子離婚。不撿村長便宜，馬八成趁機就把大蓮花肚子弄大了。現在村長的兒子就是馬八成的兒子，村長的媳婦就是馬八成的媳婦。馬八成明著一個媳婦，暗中還有一個媳婦。

馬八成說村長不守規矩，我就讓他戴綠帽子，可惜村長聽不見了，也不知道自己死後會戴綠帽子。最讓馬八成興奮的是，大蓮花帶著兒子白楊給村長上墳時，憤憤地斥責：「你不是說小馬沒孩子嗎？怪他的東西不起來，現在你看看他的東西比你的好，還有兒子，你跟我過幾十年哪個有兒子，可是人家小馬有兒子。看看吧他的兒子當了村長，他就是比你強……」

俗話說，隔牆有耳，大蓮花的憤憤斥責不知被哪個人聽見，於是大蓮花與馬八成的事被傳得有鼻子有眼睛。

3

現在的鄉長知道馬八成的故事，時常叫來大蓮花興奮一把，然後叫她回去喊馬八成。鄉長喊馬八成不是答謝他，而是讓馬八成幫助大蓮花賺錢，為她們買些米麵過日子。

馬八成是有求必應，鄉長是給自己面子，不然他也是要幫助大蓮花的。實際上馬八成也是有求於大蓮花的，自己的媳婦有時不讓他做那事，他只好找大蓮花。有時他想入非非就去找大蓮花，然後迫不及待做了事，完工後還讓大蓮花幫助洗一下，說這樣是為下一次更衛生。

大蓮花明明知道馬八成是想長期佔有自己，也不說破，由著他折騰。

馬八成的性慾是有目共睹，有人從他臉上的鬍鬚就猜測出他的要求是強烈的，只有幾個女人是不夠的。馬八成靠著自己的聰明才智在村子裏風流幾年，三十年前大蓮花就看中了馬八成，只是因為馬八成是知青，大蓮花不得不委屈自己嫁了村長。

按理，馬八成是新村長白楊的老子，父子應當和平共處，只是白楊有文化，馬八成沒文化。他們爭執白楊為的是村民，馬八成為的是自己，一公一私。當年馬八成來這裏時還是青年，轉眼就是幾十年，如今他成了老漢，當年的知青成為典型的農民老大爺。

現在，馬八成走在小清河沿線，眼看著這一帶已經成為綠色原野，他的心裏也如鮮花般開放。這是他的土地，是村裏分配給他的，當村裏分配自己土地的晚上。

馬八成就是在小清河岸邊燒了一隻雞，為的是慶賀自己有了土地，有了屬於自己的土地。這天夜裏，馬八成第一次喝醉了。

小清河年年流，無風無浪花，有風有浪花，馬八成就在小清河岸邊靜靜生活著。然而他的生活並非一帆風順，有村長在就有他的問題在，有村長在就有他的冤屈在。

大蓮花嫁給村長心裏仍舊對馬八成懷有一絲念想，每每想來村長心裏不是滋味，可是他也沒辦法。媳婦愛上他人，自己豈能視而不見，村長想了幾天終於決定整走馬八成，同時整走的還有媳婦的心。

沒想到現在馬八成回來了，回來後他就找村長白楊，馬八成找白楊不是為矛盾，而是為自己的土地。走之前村子裏的土地馬八成承包，走後馬八成包給別人，現在回來了理所當然要回自己的土地。可是他的土地包的人多，轉手一家又一家，最後他沒了土地。為這，馬八成找白楊，找現任的村長。

馬八成在村頭的路上走著，不時有人問回來了馬八成，他點頭回來了算是應景。熟悉他的人都知道是怎麼回事，知道他為什麼走，也知道他與村長有什麼矛盾。現在他回來了有人又開始看笑話，看村長與馬八成二虎之爭。

可是眾所周知，老村長死了幾年了，他們還需要鬥下去嗎？馬八成覺得村人看自己也是看村長，看村長的權力。幸而現在村長不在了，他的權力有人繼承。

當馬八成來到村部時，村長白楊不在。馬八成情不自禁多望了幾眼，就這幾眼，一下望出事來了。

大蓮花站在眼前，嘲笑地說：「你回來了也不到我家裏坐坐，害怕我吃了你嗎？」

馬八成說：「不是，我是想過了這陣子忙完了再看你們。」

馬八成心虛地應付，不知為什麼他有些怕大蓮花，怕見自己的惜日情人。如果不是這個女人，他也不可能與村長鬥一輩子，現在落得連自己的地也沒有了。想來，馬八成就覺得愧疚。

大蓮花爽快地說：「你別掩飾了，我這寡婦用不著你那根雞巴棍，現在動物不好找，男人遍地開花，哪個棍都能讓我舒服。」

馬八成的臉一下紅了，他看了看大蓮花，恍然大悟自己真的老了，連情人都不願意理睬自己了。

就在馬八成自卑時，大蓮花問：「你是不是要土地？」

馬八成點頭：「是呀，你怎麼知道？」

大蓮花說：「我兒子白楊不在家，他說村長的章由我蓋，你想幹什麼我幫你，村子由我說了算……」

「村長不在家？蓋章由你說了算？這世界真是變化了……」馬八成奇怪，更是吃驚。現在的官真好當，不在家也能當官。

大蓮花看出馬八成的懷疑，嘲笑著：「你真是少見多怪，這有什麼了不起的事，不就是一個蓋章嗎？我又不是外人……」

不是外人都有章蓋，是不是想收禮呀？馬八成這樣想來也沒敢這樣說，他只是不想傷害老情人的心，更不想給村長找麻煩。村子裏面對自己已經有風言風語了，他不想給自己找麻煩。

可是他剛邁步，大蓮花在後面問：「你是錫伯族嗎？如果是有好處的……」

馬八成站住了，問：「幹什麼？是錫伯族如何，不是又是如何？」

大蓮花嘲笑地說：「少數民族可以有二胎，你不是不生嗎？我幫你如何？」

馬八成冷嘲熱諷：「我現在不想要兒子，我想要土地……」

大蓮花不滿地斥責：「看你熊樣不就是睡個覺嗎？有啥了不起的？」

馬八成說：「如果你沒事我還有事要辦呢……」他不想沾花惹草，只想迅速離開。

大蓮花戀戀不捨：「記著閒情逸致時來找我，晚上的門還是為你留著……」

馬八成知道大蓮花還在戀著自己，現在自己年齡大了不可能像以前那樣隨心所欲，更不想被這事攪得他要不回土地。

小清河沿線是一片肥沃的土地，這是當年馬八成當知青時打下的江山，幸好土地承包給他。馬八成離開村部，他想到角落尋找沒準還能碰上。這個角落馬八成十分熟悉，有生產隊時，他經常到這裏拿工具，犁耙揪鎬鐮刀什麼的，還與眼前這個女人約會。現在用不著這些了他是靠工資賺錢的人，是有身分的人，可是大蓮花卻不這樣看他。

老村長在世時，他和村長都有一套勞動能力，他是隊長，村長是打頭的，不論他們幹什麼都有人回應。可是現在自己年齡大了，勞動能力漸漸消失，同時消失的還有自己的熱情。讓他不明白的是，大蓮花怎能出爾反爾，即使他不是隊長也是知青啊？一個老娘們兒怎能這樣對自己？

其實馬八成不知道，村長白楊此刻就站在距離他一百米的角落，他早就看出馬八成找自己幹什麼。無奈，土地被他人承包，白楊也沒辦法。他見馬八成不走，只好讓母親找麻煩，他知道母親與馬八成的關係，只要他們到一起肯定有有仗可打。誰知馬八成忍辱負重一點也不抱怨，任大蓮花說長道短，數落他如同數落小雞似的。

白楊正得意時，忽然有人叫：「村長。」

白楊一看，是前村的劉二拐，他知道劉二拐是什麼人。然而這一叫不要緊，這下壞了，露餡了。

劉二拐上前詢問：「村長你躲藏在這裏幹什麼？難道你要偷雞摸狗？」

白楊斥責：「別瞎說，我是那樣的人嗎？」

劉二拐嘲笑地說：「你隱藏在這裏幹什麼？莫不是想跟未來的爹約會？」

白楊氣急敗壞地說：「你可不要胡說，你不要臉，我這村長還要名聲呢。」

二人正說著，馬八成已經發現白楊了，他看看白楊距離自己並不遠，於是一拐一拐朝這邊走了過來。

劉二拐見風使舵，離開。當馬八成走到他身邊時，他囑咐道：「你小心點，這個村長比他爹媽還壞，不是善良的主……」

馬八成理也沒理朝白楊走來。

白楊知道躲不了了，馬八成是什麼樣的人他一清二楚，以前自己的爹媽也提起過這個人。惹不起，躲得起，於是他上前招呼：「你回來了？」

馬八成也不回答，嚴峻地問：「我的土地怎麼不給我呀？你是不是像你爹一樣想永遠把持朝政啊？」

白楊一聽心就虛了，慌忙說：「我當村長與我爹媽沒關係，我是在學生是分配的，再說了，你不種了還不讓別人種啊？」

馬八成說：「我不是回來了嗎？既然我回來了土地理所當然歸我繼續種，怎麼，你不想給嗎？」

白楊解釋說：「不是不想給，這是有原因的，回來了就應當還你嗎？」

馬八成說：「我不回來土地不也是我的嗎？你怎麼不講理呀？」

白楊反駁：「我怎麼不講理了？土地給誰不給誰不是由我說了算嗎？我不得一碗水朝平裏端嗎？」

馬八成說：「你欺我沒文化？」

白楊說：「我欺你什麼了？」

馬八成怒吼：「我的土地為什麼不給我？讓我吃什麼喝什麼？我要告你……」

白楊也是氣急敗壞：「你願意去哪裏告就去哪裏告……」

兩人吵了起來。

不知何時，大蓮花來了，一見面她就訓斥兒子：「他是回來要土地的，給他吧，沒土地讓他怎麼活？」

「我不，他與我爹鬥了一輩子，這次我要替我爹報仇……」白楊振振有詞，向大蓮花彙報：「他的土地被人包了現在他回來讓別人咋給他？村裏不難因為他一個誤了全村……」

大蓮花斥責兒子：「我看你就是一個小人，跟你爹一樣壞東西，村裏不給他土地把我的土地給他吧，沒有土地他是活不了的，否則他會死的。」

白楊趾高氣揚：「我倒要看看他是怎麼死的……」

這是誰說的話，還有這樣不講理的人嗎？馬八成怒髮衝冠：「你們到底講不講理呀？現在還是共產黨的天下嗎？」

白楊也理直氣壯：「不是共產黨天下是你的天下？」

馬八成心煩意亂情不自禁上前揪住白楊的脖領子，恨恨地說：「我不跟你說了，既然告狀不成我就我就……」

馬八成想說：「我就殺了你！」可是話未出口又嚥了回去，畢竟他是馬八成。

這功夫，馬八成聽見大蓮花罵白楊：「你他媽怎麼跟你爹一個樣？不欺騙人就活不了是嗎？」

白楊委屈地說：「我欺騙誰了？馬八成不是我欺騙他是他自己搞的，如果他不離開鄉土能受騙嗎？他在外地受騙返回來要土地，誰能給他呀？」

大蓮花憤憤地斥責：「他的土地不歸他歸誰呀？我看你是腰別扁擔橫行，如果你不給他土地這個村長你不能幹了。」

白楊吃驚：「為什麼？」

大蓮花看了看兒子，頓了頓，終於說出石破天驚的話：「他是你親爹，我是你親媽，難道你不給你爹媽活路嗎？」

這是晴天霹靂，不僅白楊蒙了，大蓮花也蒙了，她慌忙捂自己的嘴，可是來不及了。

白楊吃驚地問：「媽媽氣糊塗了吧怎能說這樣的話？讓我給他土地也可以，媽媽不必跟兒子賭氣……」

大蓮花振振有詞：「我不是賭氣，這是真的……」

白楊不說話了，沉痛的打擊將他弄蒙了，呆呆望著自己的母親。

好久好久大蓮花才說：「我的故事村裏人都知道，也不必隱瞞你，現在我實話實說，你爹就是你馬叔，以前那個爹不是你親生的，這回你相信了吧？」

白楊點頭：「媽媽說的話兒子當然相信，可是土地不好往回要，現在是什麼時候了，咱們村子是城市重點，是中心，要拆建的。媽媽你知道嗎？現在一畝地是多少錢？馬叔要土地實際上就是要錢呢。」白楊如實地對大蓮花講述實際情況。

大蓮花聽此，拍著巴掌說：「這就對了，自己的水澆灌自己的地，自己家的親戚偏向自己人，你如何打算幫助他把土地權要回來？」

白楊說：「我也拿不準，劉二拐包給幾家，你說我怎麼幫助他要回土地。弄不好得打官司……」

大蓮花憤憤：「哪有兒子跟爹打官司懷聽？你不怕人家笑話嗎？」

白楊說：「我怕什麼，又不是針對個人，這是村裏與個人的官司，願意打就打吧。」

大蓮花拉著兒子的手說：「兒子你知道嗎？是馬八成幫助咱們家的，你能長大幸而有他，否則你在哪裏呀？」

白楊流著淚水說：「媽媽我知道了，我一定幫助馬叔要回土地……」

村長不說了，他擔心被人聽見，左右觀察。

這時馬八成已經離開這裏，他要去鄉裏討回公道，去鄉裏說話總比這裏要強百倍。

村長見馬八成已經離開，慌忙追趕想與他談談。

可是馬八成不想聽了，他知道與白楊談判沒必要，論起來兩人是兩輩子的人，白楊怎能理解自己對土地的親切呢？馬八成不想再與白楊談判了，他想去鄉裏，問鄉長總能問個明白。

想著，馬八成朝鄉裏走去。路上有人問他幹什麼去，他搖頭裝聾作啞。熟悉他的人知道他又遇上事了，這已經是他多年來的實踐，只要他去鄉裏肯定有事，不是委屈就是委屈，他馬八成什麼時候沒委屈呀。村長給他委屈，大蓮花給他委屈，村長兒子白楊也給他委屈，連自己妻子都給他委屈，他還有什麼不能委屈的。

其實最讓馬八成委屈的是，他聽到了一個準確消息，這個地方距離公路近，有可能要拆建。土地拆建這是好事，農民可以進城，城市擴大化方便的就是農民，可是讓馬八成沒相屋的是不論他如何討價還價也要不回來自己的土地，這不是天大的委屈嗎？

馬八成無心聽村長與大蓮花對話，更不關心自己是否有私生子，他只想要回自己的土地，要回自己的權力。

4

太陽升得高高的了，鄉土都有些溫暖。馬八成走在路上心裏也反覆折騰。如果不是在外地受騙馬八成也不可能回來，明明知道返回來吃虧他也必須返回。

人生真是讓馬八成吃盡苦頭，在外地得不到工錢，在本地得不到土地。他這一輩子還需要什麼？農民不就是一塊土地嗎？

想來，馬八成心裏很不平靜，恨不得吃了村長。不知不覺，到了鄉政府在鄉長辦公室，一個女秘書攔住馬八成：「請問你找誰？」

馬八成說找鄉長，女秘書問有約定嗎？

見鄉長還約定？馬八成奇怪，這社會什麼時候變化成這樣了？見一個小鄉長還需要約定，我不約定難道不讓見面嗎？

馬八成有些來氣，情不自禁吼著：「有約定，早在幾年前就約定了……」

秘書畢竟是小丫頭，並不敢把馬八成怎麼樣，只好高聲叫喊：「鄉長有外人找你。」

當鄉長看見是馬八成時興奮地問：「什麼風把你吹到這裏了？你可是有幾年沒來了，說說吧，在哪裏發財呀？」

馬八成說：「還發財呢？我是來告狀的……」

鄉長問：「告誰呀，是村長嗎？這小子就欠罵……」

鄉長態度很好，馬八成說明來意，鄉長馬上打電話：「喂，白楊嗎？馬八成的土地是怎麼回事？」

電話裏的白楊顯得很謙虛，他謹慎地說：「村子裏研究了，他的土地被承包是他自己的事，他包了幾個人，現在我都不知道找誰要土地。」

鄉長又問：「承包權是誰？」

白楊說：「承包權是馬八成，可是他離開十幾年了再返回，朝誰要土地呀？」

一聽這話，鄉長的態度一下就變了，他轉身對馬八成說：「土地的事由村裏說了算，鄉裏做不了主……」

馬八成問：「為什麼？我的土地怎能做不了主？我是土地的主人，難道我的土地變化了？」

鄉長為難地說：「現在實行村務公開，民主管理，這事必須由村裏解決，你還是回村裏問吧。」

馬八成不愉快地說：「我要我自己的土地怎麼做不了主？難道鄉裏說了不算數嗎？難道土地不是國家的嗎？」

鄉長斥責：「土地是國家的不假，可是土地是你家的嗎？村子已經決定將你的土地包給他人，鄉裏怎能干涉呢？」

馬八成憤憤反駁：「土地是國家分配給我的，我是土地的主人……」

鄉長被問得說不上話，低頭吸煙。

沉靜許久，馬八成忍不住問著：「你說話呀，我的土地怎麼辦，還給我不？」

鄉長說：「我也說不清楚呀，回去問問村裏吧，他們說給就給說不給就不給，鄉裏沒辦法，也沒意見。」

馬八成罵著：「你們這群王八蛋吃共產黨的飯，不幹共產黨的事，我看你們是想蹲八籬子。」

鄉長冷嘲熱諷：「我蹲不蹲八籬子用不著你管，現在你想要土地就沒有，你能怎麼地？」

「你們這幫混蛋，真他媽不是人……」馬八成氣得還想罵鄉長，只張嘴卻說不出話，他被氣蒙了。

鄉長嘲笑地說：「這樣吧，你的土地歸鄉裏了，讓村長跟我交涉，至於談判如何關鍵看村裏的態度，實在不行只有打官司了……」

一看鄉長這態度，馬八成也沒辦法，現在的官不為百姓辦事屢見不鮮，誰能奈何他們呢？

馬八成憤憤地離開鄉長辦公室，他不明白事情為什麼是樣，可是他心裏明明知道這不是土地問題，這是農民利益問題，怎麼到了這裏沒人管了呢？

馬八成感到自己有些無能為力，面對土地問題他也是沒辦法，村裏不給他，鄉長也不給隊，他還能到哪裏說理呢？

忽然，馬八成想到市裏，那些政府官員能幫他說話，現在不是幫助農民工們，自己也是農民工。有了這想法，馬八成就有了希望，於是他打計程車朝市政府行駛。

到了市政府，馬八成被門衛攔下，沒有領導允許他是進不去門的。馬八成說了很多好話門衛也不讓他進。無奈，馬八成只好返回。

一路上，他委屈地罵，可是罵誰呢？計程車司機聽明白了，告訴他只能打官司。

「好，把我送到法院吧。」馬八成吩咐司機。

他決定打官司時心有餘悸，打官司如何打呢？能打贏嗎？

馬八成來到市法院，看著這座輝煌的建築，馬八成心裏羨慕法院氣派，連辦公樓都如此輝煌。在門衛，馬八成說明自己的來意，有人介紹他到經濟法庭。

當馬八成說明自己的想法時，一個法官說：「法院是支持承包權的，可是你有承包權嗎？」

馬八成問：「什麼叫承包權？當初沒人跟我說這事啊？」

法官說：「一看你就是法盲。這樣吧，你找一個律師……」

「打官司還需要律師？」馬八成有些蒙。可是法官說得沒錯，他不能不聽。

法官說：「我們是市法院不受理你的案件，你可以回到鄉鎮法庭，由他們接待你吧。」

馬八成提醒說：「我們鄉裏很特殊，恐怕情況有變……」

法官問：「什麼情況？」

馬八成說：「我們那裏是錫伯，是少數民族聚集的村子，這樣的官司能打嗎？」

法官斬釘截鐵：「都是在中華人民共和國法治下，什麼樣官司也是一視同仁，錫伯族是少數民族，按政策是可以打的。」

馬八成點頭：「這樣就好，我有希望了。」

在法院幫助下，馬八成返回鄉裏法庭，接待他的是一個年輕女法官。她叫曹橋，別看她年輕，已經是法律研究員了，在司法戰線享有廣泛聲譽。

當馬八成說了自己來此目的後，曹法官說：「按理我們是支持具有承包權的人，可是你有證明嗎？」

馬八成問：「什麼叫證明？」

曹法官說：「就是能證明土地是你的證明人、證明信……」

馬八成憂鬱地說：「沒有啊，如果有，我還需要到這裏嗎？」

曹法官說：「沒有辦法證明你是土地承包人，法院沒辦法支持你的，你還是返回吧。」

馬八成委屈地說：「土地是當初我承包的，如果不是，我敢要土地嗎？法院不支持我不是冤死我了……」

曹法官說：「冤死也沒辦法，誰讓你不留證據呢？」

馬八成靈機一動：「當初分配我土地時不是有名字嗎？名字不能證明嗎？」

曹法官說：「如果說真有證據證明你具有承包權可以考慮，還需要調查，等到我們查清時再通知你如何？」

馬八成興奮地說：「好啊，何時打官司聽法官的，我回了。」馬八成點頭哈腰離開法庭，這是他第一次進法庭，居然心明眼亮，看來早來打官司好了。

出了門，馬八成看見鄉長站住門口。

鄉長看見他問：「你來這裏幹什麼？」

馬八成嚴厲地說：「打官司呀。」

鄉長問：「跟誰打官司？咱們可是少數民族。」

馬八成說：「誰不給我土地我就跟誰打官司！少數民族怎麼了，少數民族就扣我土地不給我，害得我到處要飯，難道這也是少數民族所為嗎？現在打官司怎麼樣，你害怕了？」

鄉長說：「我怕什麼，又不是跟我打官司。我只是提醒我們是少數民族，是錫伯族，有很多規定的。」

馬八成惱怒地說：「有規定如何，不給我土地就與你鬥爭，你害怕也要打官司。」

鄉長說：「你打就打吧，又是跟我打。」

馬八成脫口而出：「不是跟你又跟誰呢？難道跟走路的嗎？」

鄉長急了：「我沒不給你土地呀，是村長不給你土地，打官司你找他們打呀，幹什麼找我呀？」

馬八成說：「你們都有，你是鄉長理所當然第一位被告，村長第二位被告，還有第三位被告劉二拐……」馬八成忽然想到不能都說了，得留一手，否則在法庭上說什麼呢？

鄉長氣走了，馬八成也回家了。這一天把他折騰夠嗆，他拖著沉重步子邁進家門，剛進院落就聽一聲喊：「你還知道回來呀？」

馬八成推開家門，妻子見面就數落他：「你看看你，回來幾天就不著家了，是不是外邊還有狐狸精呀？」

馬八成辯解：「看你說哪兒去了，我不是到鄉裏了嗎？見領導哪能說一句兩句就能離開，還不得叨嘮一下自己的過去。」

妻子斥責：「到鄉裏就能要回土地嗎？」

馬八成興奮地說：「能，法院幫助咱們打官司，老子起訴村長狗日的。」

「喲，你還起訴村長狗日的，你不知道他是你兒子呀？」

妻子冷嘲熱諷，氣得馬八成沒話可說。

馬八成慌忙辯解：「你別跟外人亂說，這可不是開玩笑……」

妻子嚴陣以待：「誰跟你開玩笑我說的是真的。」

馬八成無話可說，與村長媳婦睡覺是真有的事，有沒有孩子他的確不知道。難道村長有兒子真是自己的種？馬八成不敢想了，毀壞名聲的事他不願意做，尤其是在妻子面前。

然而妻子並不沉默，她問：「法官怎麼說？」

馬八成說：「聽他們調查結果。」

妻子說：「聽就聽，難道怕他們不成？」

稍許，妻子似乎明白了什麼，忽然問著：「你有證據嗎？」

馬八成也說：「法官也跟我提證據，可是咱們哪能有證據？」

「如果沒有證據證明咱們官司肯定輸。」妻子似乎比馬八成清醒，她煩惱地說：「我也找不到證據呀，到哪裏找呀？」

「是呀，我也在琢磨這事，如果沒有證據咱們官司是不能打的，打也輸。」馬八成這次比妻子清醒。

誰知，妻子惱怒：「我就不相信咱們有土地怎麼沒土地了，當初不是隊裏分配給咱們的土地嗎？」

馬八成一拍大腿：「對呀，我也是這樣想的，隊裏有分配名單。可是在哪裏呀？」

妻子勸告：「別著急，慢慢找，總有找到的時候。」

馬八成見妻氣順了，慌忙說：「快做飯吧我餓了，一天沒吃的了。」

妻子嘲笑：「你不是能耐嗎？怎麼沒飯吃呀？」

馬八成也笑：「我不是沒人疼嗎？除了你誰還需要給我飯吃呀？」

妻嗔怪：「這倒是除我以外沒人敢給你飯吃。」

妻子端飯去了，馬八成沉靜下來，這時他才知道什麼是內憂外患。

這天晚上，馬八成沒睡覺，村子裏也是沸騰如潮。原來，鄉長一個電話打到白楊家裏，斥責：「你是怎麼把馬八成得罪了？不然他為什麼要打官司？」

白楊辯解：「我也沒得罪他呀，他只是想要回自己的土地，村子裏現在正研究如何解決。」

鄉長憤憤地叫喊：「你們趕緊拿來意見，否則鄉裏有權處理。」

白楊委屈地說：「我的意見就是讓他找麻煩，誰包了他的地他就找誰要，靠村子裏也解決不了。何況這是以前的老問題。」

鄉長破口大罵：「老問題就不解決嗎？解決不好你別當村長了！」

白楊回了一句：「你有人選嗎？如果有我讓步，我還不想幹呢。」

鄉長更是火上澆油：「你想幹什麼？」

啪，電話斷了。

放下電話，白楊找到劉二拐詢問：「你們承包土地的事怎麼樣了？鄉長來電話詢問，總得給人家土地吧？」

劉二拐說：「誰也沒說不給人家土地呀，只不過沒到年頭如何給他呀？再說他早不回來晚不回來，馬上就要拆建了他回來，目的不純呀？」

白楊說：「拆建怎麼樣？是人家的土地遲早還需要給人家，這是土地權規定的，你學過法律嗎？」

劉二拐悻悻地說：「法律沒學過，但辦法還是有的，對付馬八成還是綽綽有餘。」

白楊惱怒地說：「我不管你們對付誰，土地問題要解決清楚，否則休怪我不認人。」

劉二拐一聽事與願違，慌忙說：「給我時間吧，我找人商量一下，看看如何解決。」

白楊對劉二拐說：「馬八成的土地還他吧，你們這樣拖泥帶水辦事是不行的，如果真打官司你們肯定輸。」

可是劉二拐執迷不悟：「他的土地不假，可是我們經營年月最多，實際上已經是土地承包主人了，起碼是半個主人。」

白楊想想也是，可是他仍舊威脅：「如果你們不聽勸，到時休怪我對你們不客氣。」

劉二拐冷嘲熱諷地說：「不客氣能怎麼樣，我是你親戚，到時官司見，誰輸誰贏還不知道呢。」

聽劉二拐胸有成竹，白楊靈機一動：「你們有什麼辦法嗎？」

劉二拐說：「有啊，只要你肯幫我們，這官司肯定輸不了。」

白楊問：「什麼辦法？」

劉二拐神秘地說：「就說他私生子的問題呀，這是打敗他的最好辦法。」

誰知白楊怒吼著：「這不是丟我的人嗎？不行，絕對不行。」

劉二拐說：「事到如此，行也得行，不行也得行，否則打什麼官司呢？」

白楊勸告：「你們再想想其他辦法，不要做沒有人味的事，否則對不起媽媽。」

劉二拐拍拍手：「你放心，我有準備。」

劉二拐說著，離開白楊，匆忙尋找其他土地承包人，他要趕緊與他們商量對付馬八成，否則真有可能被馬八成要回土地。

這天晚上，村子裏熱鬧極了，沒有一家早早睡覺，也沒有一家看電視。他們都在談論一個話題，馬八成如何打官司。

5

也許蒼天有意成全馬八成，半夜時分，家裏的電話忽然響了。妻子沒敢接，不知道是誰打來的電話，馬八成接了，原來是鄉法庭來電話說他們可以立案，請馬八成明天去法庭辦手續。

馬八成放下電話，妻子問：「誰打來的？什麼事？」

馬八成說：「鄉法庭同意立案，咱們可以打官司了。」

妻子不滿地嘀咕：「非得他們說了算，否則打不了官司嗎？」

馬八成說：「是的，明天我去找他們。」

第二天馬八成來到鄉法庭，曹法官給馬八成一些材料和表格請他填寫。

曹法官說：「你把這些表格填寫一下，然後交上來，利用這機會我們再調查一下，我的想法是與當事人談一談，最好是和平解決。」

馬八成憤憤地說：「如果是和平解決是好了，問題是他們不想解決。你知道嗎，以前咱們這村子是偏僻地區，近幾年靠公路沿線已經成為開發區，城市擴大化與咱們更近了。誰不想要這塊土地？誰不想利用土地賺錢呢？」

曹法官解釋：「城市擴大化不假，可是村子裏的土地還是屬於國家，任何人都沒權販賣。如果你是第一土地承包人，法院支持你，如果不是，這官司你肯定輸。」

馬八成慌忙點頭：「是是是，我肯定是第一承包人。」

馬八成填寫完表格後，曹法官說調查後通知開庭，這期間哪裏也不要去，等待通知。

馬八成說知道了，然後走了。他在想法官如何調查呢？村裏的人會替自己說話嗎？

午飯前，馬八成回到家時，妻子問他：「怎麼樣，行還是不行？」

馬八成反感地說：「什麼行不行啊？」

妻子說：「我是問法庭如何判斷？」

馬八成說：「還沒打官司如何判斷，法官說了還需要調查，有可能庭外和解。」
妻子問：「什麼是庭外和解？」
馬八成說：「就是由法官做工作說服他們讓步。」
妻子問：「他們給咱們讓步還是咱們給他們讓步？」
馬八成說：「這個法官沒說，可能還需要調查後再說吧。有飯嗎？我餓了。」
妻說：「有有有，我熱著呢。」
妻子做了幾個小菜，很對馬八成胃口，他風捲殘雲迅速吃了這些飯菜。
妻子見他如此平靜，情不自禁詢問：「你怎麼沒事了一樣？」
馬八成笑顏逐開：「不是我沒事了，急也沒用，再急也要等到法官通知。這幾天我邊幹活邊等待通知。」

馬八成是閒情逸致，法官卻忙碌得很，他們調查了很多人，聽取各方意見。要說曹法官就是曹法官，她並沒有大張旗鼓宣傳，而是悄悄找人談話，傾聽各方意見。不論男女老少，不論職務高低，不論有錢還是沒錢，她一視同仁。

曹法官是有準備的，她最近研究一個案件，也是屬於土地承包權的問題。曹法官拿來一份中央文件，這是最高人民法院出臺《關於審理涉及農村土地承包糾紛案件適用法律問題的解釋》，其中明確土地承包打官司中的七大問題。

比如劉二拐關心自己拆建後的補償問題，曹法官告訴他們：「土地被徵怎麼辦？農民可請求支付土地補償費，承包地徵收補償費用包括土地補償費、安置補助費及地上附著物和青苗補償費三個部分。承包地徵收補償費用分配糾紛是一個較為突出和複雜的問題，《解釋》第二十二條至第二十四條針對不同性質補償費用做出規定：地上附著物和青苗補償費是對被徵地農戶財產損失的補償，理應支付給承包方；安置補助費是對被徵地農戶喪失土地承包經營權的補償，只要該農戶放棄統一安置，該筆費用亦應支付給他；土地補償費係對集體土地所有權喪失的補償，其分配主體應當是徵地補償安置方案確定時所有具有本集體經濟組織成員資格的人，這也是成員自益權的體現。」

馬八成最擔心的就是自己承包的土地權力歸誰，他小心翼翼地詢問自己的官司如何？一地數包判給誰？

曹法官笑容可掬地說：「先依法登記的一方取得經營權，對一地數包中權利取得衝突糾紛的處理，《解釋》第二十條首先從權利性質方面區分，如果一方已經依法登記，則該人享有的是一種物權性質的權利。其他未進行依法登記的僅為合同權利人，在性質上屬於債權。兩者相較，前者優先。如果均未依法登記，則兩者權利性質同屬債權，應依承包合同生效的時間先後確定。如根據以上方法仍不能確定，則依據合法佔有使用承包地的事實確定土地承包經營權的歸屬。為避免造成惡意搶佔帶來的消極後果，《解釋》第二十條還規定，已經發生爭議的，在爭議解決前的強行先占不得作為確定土地承包經營權的依據。你的問題就是典型之一……」

一看馬八成有了歸宿，劉二拐有些不自在，白楊也是不甘心，於是他也提出問題：「客觀情況發生重大變化咋辦？」

曹法官說：「按公平原則處理合同糾紛，前幾年種糧收益低，而近年來農業補貼政策的貫徹落實，繼續履行原來的約定，無疑造成了顯失公平的結果，這是由於國家農業基本政策的重大調整所致。對於流轉合同而言，屬於訂立當時的基礎或者環境，因不可歸責於當事人的事由發生的非當初所能預料的變更。此類糾紛在今後一段時期內極有可能大幅度增長。因此，《解釋》第十六條規定：因承包方不收取流轉價款或者向對方支付費用的約定產生糾紛，當事人協商變更無法達成一致，且繼續履行又顯失公平的，人民法院可以根據發生變更的客觀情況，按照公平原則處理。不過，在適用該條規定的時候，必須嚴格掌握。要看糾紛產生的原因是什麼、原約定是否造成當事人間權利義務顯失平衡的結果等。不能動輒變更當事人的約定，踐踏合同的嚴肅性。」

鄉長聽說後也來詢問：「承包經營權能否抵押？」

曹法官耐心解釋：「抵押應當認定無效，抵押權作為擔保物權，抵押擔保物的範圍亦應遵從法定。土地承包經營權在性質上實為集體土地使用權，根據《擔保法》第三十七條第（二）項和第三十四條第（五）項規定，除了依法經發包方同意抵押的『四荒』等荒地的土地使用權外，集體土地使用權不得抵押。其本意在於，以土地承包經營權設定抵押權，在抵押權實現時將有可能導致土地承包經營權人喪失這項極為重要的權利，從而淪為失地農民，成為嚴重的社會問題。因此，《解釋》第十五條規定，承包方以其土地承包經營權進行抵押或者抵償債務的，應當認定無效。」

在曹法官啟發下，鄉親們提出各式各樣問題。

大蓮花自告奮勇提出：「發包方反悔咋處理？」

曹法官說：「無法定理由合同有效，《農村土地承包法》第三十七條規定，承包方採取轉讓方式流轉土地承包經營權的，應當經發包方同意。《農村土地承包法》做此規定的目的，並不是要限制土地承包經營權人的流轉自主權，而是為了更加充分地保護承包方的權益。因為土地承包經營權對農民而言至關重要，一旦轉讓，在承包期內就無法再行取得土地承包經營權。但更應看到的是，不能在無法定理由的情況下，干涉土地承包經營權人依法享有的土地承包經營權流轉自主權。基於此種考慮，《解釋》第十三條後段規定，發包方無法定理由不同意或者拖延表態的，不影響土地承包經營權轉讓合同的效力。」

白楊提出：「農民返鄉能否要回撂荒地？」

曹法官說：「法院支持承包權，《解釋》明確規定違法收回、調整承包地法院不予支持，承包方要求返還承包地的，法院應予支持。自二〇〇三年以來，一系列促進農民增收的政策措施相繼出臺，廣大農民返鄉要求拿回承包地的糾紛呈現出激增態勢。而被違法收回、調整或者棄耕撂荒的承包地往往已經由發包方另行發包給了他人，甚至業已承包經營多年。《解釋》第六條規定，對涉及發包方違法收回、調整承包地，或者承包方棄耕撂荒承包地的糾紛，按照不同情形，分別處理。發包方未將承包地另行發包，承包方請求返還承包地的，應予支持；發包方已將承包地另行發包給第三人，承包方以發包方和第三人為共同被告，請求確認其所簽訂的承包合同無效、返還承包地並賠償損失的，應予支援。但屬於承包方棄耕、撂荒情形的，對其賠償損失的訴訟請求，不予支持。所稱的第三人，請求受益方補償其在承包地上的合理投入的，應予支持。土地承包經營權人有權基於物權人的地位尋求法律保護，要求返還承包地。不論侵權人是否已將該承包地與他人另行建立了承包合同關係，土地承包經營權人要求返還承包地的，均應予以支持。此外，承包方棄耕撂荒承包地有其深刻複雜的背景，《農村土地承包法》對發包方收回承包地做了嚴格的限定，並未規定此種情形下發包方可以收回承包地。從維護土地承包經營權人利益的考慮出發，棄耕撂荒承包地的承包方要求返還承包地的訴訟請求，亦應予以支持。」

馬八成最提出：「哪些土地糾紛可打官司？」

曹法官說：「五種情形法院應受理，《解釋》明確規定，農村土地承包合同糾紛等五種情形屬於民事糾紛，人民法院應予受理。為切實解決農民打官司難的問題，對農民已經取得土地承包經營權後，因其承包經營權被侵害而提起的民事訴訟，《解釋》規定人民法院應當依法予以受理。其中包括：農村土地承包合同糾紛、土地承包經營權侵權糾紛、土地承包經營權流轉糾紛、土地承包經營權繼承等糾紛案件。此外，對承包地徵收補償費用分配引起的爭議，因其同樣屬於平等民事主體之間的糾紛，人民法院也應當依法予以受理。」

還有的鄉親不明白，曹法官又是說服又是評論，還重複了一些法律問題。最後她斬釘截鐵地說：「《解釋》共二十七條，主要包括受理與訴訟主體、家庭承包糾紛案件的處理、其他方式承包糾紛的處理以及土地徵收補償費用分配及土地承包經營權繼承糾紛的處理。《解釋》明確規定，承包地被徵收後，集體經濟組織成員請求支付土地補償費的應予支持。《解釋》明確規定，一地數包，已經登記的取得經營權。《解釋》明確規定，土地承包經營權的客觀情況發生無法預料的重大變化，應按公平原則處理。《解釋》明確規定以土地承包經營權設定抵押應當認定無效。《解釋》明確規定，無法定理由不同意轉讓土地承包經營權的不影響合同效力。這些問題看起來簡明扼要，實際上施行起來是存在困難的，你們可以對照這些法律規則進行自查，還可以準備證據證明自己對在哪裏錯在哪裏。」

鄉親們提出很多問題，曹法官說了很多，直到鄉親們一個個明白為止。有了曹法官現身說法，鄉親們知道官司如何打了，更知道自己錯在哪裏，贏在哪裏。

6

幾天後，曹法官電話通知，請馬八成再去一趟法庭。放下手上的事，馬八成迅速到了法庭。

曹法官對他說：「我們查了一下，你這是一地數包……」

馬八成問：「啥叫一地數包？」

曹法官說：「就是一地多包……」

馬八成小心翼翼地問：「我能贏嗎？」

曹法官說：「我們是支持最早包的人，如果你有證明你就贏了，如果沒有證明……」

馬八成委屈地說：「如果沒有證明我就輸了？是嗎？」

曹法官點頭：「大概如此，不過我們也調查了，你的確是第一承包人，劉二拐將土地轉包的。」

又是幾天，曹法官通知馬八成準備開庭。法庭是經過調查後才決定開庭的，問馬八成還有什麼意見，馬八成搖頭說沒有，然而馬八成沒意見，鄉親們意見可大了。

誰也沒想到馬八成這樣的老實人也敢打官司，他自己也從來沒想到會打官司，更從來沒想到自己會因為土地而丟失名聲，當馬八成從鄉政府返回來時他就已經決定犧牲自己為其他人討回公道。可是公道是什麼，他能討回他丟失的土地嗎？當鄉親們知道馬八成打官司時，紛紛嘲笑他，然而當聽說法官已經決定開庭時他們還是想聽一聽到底判給誰。

不到開庭時間，鄉親們已經坐滿法庭上的席位，後來的乾脆站著。曹法官是審判長，其他幾位法官是副審判長，還有書記員。雙方請的律師分坐兩邊，馬八成作為原告坐在左邊，鄉長白楊劉二拐作為被告坐在右邊。曹法官見一切就緒宣佈開庭。

按法律程序，先是由馬八成陳述理由，再由鄉長白楊劉二拐辯護，最後是雙方律師辯護。雖然是土地糾紛，但也是戰火一片，雙方互不相讓，尤其是被告一方似乎做出了驚天動地的證明，他們給馬八成投井下石。讓人吃驚的是，劉二拐居然舉報馬八成有問題，村子不允許他承包是正確的。鄉長也點頭，白楊更是鼓勵，馬八成一個人對付幾個人。

當辯證到關鍵時刻時，白楊忽然提出馬八成的作風問題，說馬八成長期以來道德敗壞，還有私生子。

馬八成當即暈了頭，他不知如何對付這幫臭小子，更不知道大蓮花是如何讓他們兒子這樣對付自己。在此一瞬間，馬八成感到自己失敗了，人生失敗，現實也失敗。法庭上說什麼，法官講什麼，白楊兒子說什麼，馬八成都聽不見了，他看見自己的身體在下沉，似乎掉到了冰山裏。官司打不打沒關係，輸贏也沒關係，讓他傷心的就是村長白楊，這是他兒子，兒子怎能如此對付老子。

鄉親們哄堂大笑，馬八成只好逃離法庭，逃避鄉親們的嘲笑。

這事讓曹法官感到尷尬，她沒想到事情是這樣，幸而她有經驗及時糾正法庭上的嘲笑，保證了權力人的合法權益。她說法庭會考慮雙方條件，研究後公開宣判，官司結束了。

這天晚上，當白楊與鄉長喝酒慶功時，大蓮花來了，她斥責：「你們憑什麼陷害馬八成？還污蔑老娘！」

鄉長慌忙賠理道歉：「不是為了打贏官司嗎？如果不是馬八成這事，我們怎能打贏他呢？」

大蓮花憤憤地掀翻桌子：「我操你們媽媽的，我讓你們喝。」

白楊抱怨：「媽媽你看你在幹什麼？這是鄉長，你要尊敬他？」

大蓮花叫喊：「我尊敬他？如果不是你爹，他可能就是你親爹了……」

石破天驚，大蓮花差點兒說出這個秘密，鄉長與她的事差點兒脫口而出。

鄉長知道自己在大蓮花跟前是理虧的，只好逃走了。

大蓮花無奈，只要出去尋找馬八成，她知道這功夫馬八成肯定會在外轉悠呢。可是她轉了一圈也沒找到馬八成。

他能到哪裏呢？忽然大蓮花想到一個地方，就是小清河一棵樹下，這是大蓮花與馬八成曾經約會的秘密地方。

當大蓮花來到秘密約會的地方時，果然看見有一個人站在樹下徘徊，是馬八成在小清河邊轉悠呢。

沒有誰知道土地是自己的，沒有誰知道土地歸誰，更沒有誰肯為自己說話，世界上還需要他這個人嗎？人世間還需要他這個生命嗎？這個國家是誰的？不是農民的嗎？如果農民沒有土地還叫農民嗎？馬八成說不清楚是怎麼回事，可是他心裏明確得很，國家給農民土地政策不可能改變，就是村長不給自己了，是在害自己。

也許心裏著急，他不知不覺就走到了小清河邊上。這裏是他曾經承包的土地，有他流灑的汗水，有他的回憶。

在河邊，馬八成捧著一把土哭泣：「土地呀你到底姓什麼？是姓共還是姓社？」

這時有人發現馬八成跑過來勸告：「算了吧哭泣有什麼用？」

馬八成委屈地說：「我們農民沒有土地意味著什麼，沒有土地我們農民還是農民嗎？城市擴大了，居民增加了，可是我們農民到哪去住？城市大了，我們農民的命怎麼沒了呢？既然農民沒有土地我們還要這命什麼？還不如死了好……」

馬八成說著，不知腳下怎麼了可能是站不穩，他身子失去平衡不小心掉入河裏，失足落水很讓馬八成感到意外。

這是怎麼了？馬八成身邊的人還開玩笑說：「馬八成你快上來吧，開玩笑沒有這樣開的。」

馬八成在水裏嘀咕：「我能開玩笑嗎？你們他媽的見死不救？我堅持不下去了……」

可是不論他說什麼也沒人聽得懂，更沒人拽他。馬八成這時才意識到不妙，鄉親們看他笑話了。這時他有些後悔，這個玩笑開得太大了，他慌忙揮手，可是仍舊沒人理睬。岸上觀看的人，只見馬八成腦袋在水中晃了晃，便沉了下去。

周圍的人並不慌亂，眼看著他沉下去後才有人叫喊：「救人啊！有人跳水了！」

可是為時已晚。

當大蓮花得知馬八成跳河時，一下就暈了，她原來還想馬八成能對她們母子好呢，誰知偏偏遇上這事。

看著馬八成的屍體她說不是，不說也不是，何況還有馬八成的妻子。幸而她靈機一動，囑咐馬八成的妻子：「老馬沒有兒子就讓我兒子替他打靈靈幡吧……」

馬八成妻子說：「行啊，你的兒子就是老馬的兒子，就讓你的兒子做吧。可是我們還是要土地，這是老馬說的。」

出殯的場面轟轟烈烈，是村長一手操持的，按錫伯族風俗辦得很風光。

大蓮花說：「馬八成生前不知道有兒子，即使知道有兒子也不敢認，村長兒子怎能認他呢？然而有一點可以認定，馬八成沒有兒子，死後有兒子為自己盡孝也是可以安息了。」

半月後，曹法官來了，她宣佈如下：「法院支持承包人收回土地專用權。」

馬八成官司贏了。

小清河很平靜，村裏人都知道馬八成跳河了，都知道他死了。可是他為什麼死，沒人詢問，只知他是跳河自殺，可是水並不深。至於為什麼，沒有人說得清。

小清河仍舊在夜以繼日流淌，悄無聲息，唯有不安的土地似乎在吶喊：「珍惜我吧！」

可是誰聽得懂土地的聲音呢？

高高小樓情

1

人世間有許多愛情故事片，不同年齡的人有不同的經歷，不同經歷的人對愛情有不同的理解。於是有人說愛情是苦難，有人說愛情是幸福，有人說愛情是酸辣湯，還有人說愛情是甜言蜜語。

愛情到底是什麼？現在我來問你，因為你是我的朋友，你說愛情是什麼就是什麼，同時也是讓我看看你有什麼樣的獨到之處。如果你答對了，我給予獎勵，如果你答錯了，我給予懲罰。

總而言之，愛情對你我都有用。當你回首人生往事時，不會因為沒有愛情而自欺欺人，也不會因為沒有愛情而苦惱，也許這就是你我的深思熟慮。

人在苦難時往往喜歡那些美好的事情，當你回顧往事時最先映入腦海的就是你終身難以忘掉的愛情。別看這僅僅是你的人生一個片斷，實際上他支配著你的人生，也許這一生都離不開這種愛情生活。

人生有了愛就有了一切，有了愛情就可以支配你的人生，使你不顧一切奮發圖強。當你沉靜在愛情中的時侯，是愛情支配你的精神，是愛情讓你產生人類的美好情結，也是愛情使你有了最大最美的人生憧憬。人生有了愛情，生活水準不斷上升，人生有了愛情，你的人生歲月甜蜜如春。

現在，當你沉靜在對愛情的屢見不鮮的時侯，驀然回首，你是否還需要那些憧憬？是否還需要那些慾望？於是在你的心裏便朦朧地產生了一種隱隱約約的感情，這就是摸不著看不見的所謂愛情。

其實不用我提醒你就知道愛情是什麼，這是小孩子都有的心理反應。當我尋找愛情時，你就在我的旁邊猜測著、深思著、憂鬱著。你想說是那些朦朦朧朧的初戀，又想說是那個難忘的新婚之夜，其實這些都不是。陡然間，你想起一句人生格言：「如果人生沒有愛情，生命不久就會停止。」

是的，你會這樣說的，我也會這樣說的，因為我們都有一個親身體驗。尤其是在你我工作過的那層紅磚小樓上，我們朝夕相處，如果沒有記錯的話，我給予你的就是這一串難能可貴的思緒。可是，思索有時是不依你我的意志為轉移，別看你我是朋友，有時卻比敵人還需要武器。

記得那是一個雪花紛飛的上午，你透過玻璃窗無意地朝外一瞥，你說天下雪了。在擠擠撞撞的雪花中，你忽然發現一個鮮豔的紅色影子，在你的眼睛裏神采奕奕地一閃，於是你的心靈深處那道千載難逢的長廓突然打開一盞輝煌的天燈，明晃晃，亮晶晶，高懸天空。噢，她來了。確切地說你的朋友來了，你的女朋友來了，可是當時我卻不能這樣說。因為你與她的認識過程還需要檢驗，還需要記憶。

三年前的一個夏日，你剛從部隊轉業如同大海裏的一條小魚無孔不入地來到你的家鄉觀賞著。當你不知不覺走進當年的母校時，在那條林蔭道上你走馬觀花欣賞著風景區。就在這時幾個十七八歲的女孩子映入你的眼界，她們你推我拽追趕著一隻漂亮的蝴蝶。

也許蝴蝶與你開玩笑就在你的身邊飛來飛去，女孩子們嘰嘰喳喳歡欣鼓舞叫喊著撲了過來。可是那隻蝴蝶仍舊在草叢中飛來飛去，躲躲閃閃。當有人就要捉到牠時忽然飛向空中，氣得女孩子們又是一陣叫喊。

幾經往復，女孩子們有了經驗，她們異口同聲要求你來為她們捉蝴蝶。

你躲不過，只好隨聲附和，然後躍身用手摟住了蝴蝶。

女孩子們一陣歡呼，你揚了揚手，你想說她們是一群笨蛋，可是話到嘴邊你又嚥了回去。你發現在這群女孩子中有一個穿紅色短裙的姑娘正用冷漠的眼神注視你，冰冷的神態彷彿是一個偵察兵要從俘虜身上搜索出圖謀不軌的東西，比如炸彈地雷之類。

天吶，她的眼神夠毒的，你情不自禁挺直了腰板，可是不知為什麼看見她的眼神你忽然心慌起來，不小心放跑了蝴蝶，於是引來她的一陣進攻。

「你是幹什麼的？」

她很胖，白淨的臉蛋顯示出誘人的美麗，她雙唇緊閉，如同炮兵佔據有利地形一樣對你搶先開了第一炮，這炮聲如同輕音樂一樣美妙動聽，你的心裏刷地一下來個立正準備防空。

「說呀，你罵誰？」

她又開了第二炮，這一炮轟得你當場有些暈頭轉向，情不自禁叫喊起來：「我沒有罵人。」

誰知她跳起來說：「你這是巧罵人，難道說我們這些人不是人啊？」

這三炮轟得你頭破血流，你心煩意亂，糟蹋了，遇上了一個榴彈炮營，整座炮兵倉庫的炮彈都朝你傾泄過來，你終於耐不住她們的進攻昏頭漲腦轉身逃走。

然而你還是晚了一步，她們堵住你的去路七嘴八舌攻擊你，這一仗下來你被她們打得落花流水，你的額頭沁滿了細碎的汗珠，剛愎自用的將軍風度一落千丈。

這時她又風風火火逼上來，揮舞著白拳頭在你胸前比比劃劃唱戲般地拉起了長腔：「怎麼樣？你害怕了？」

紅蝴蝶在空中繞來繞去，你已經沒有閒情逸致欣賞了，西山角下的落日給你胸中籠罩一層憂鬱的愁雲，你暗暗叫苦誰讓你多嘴多舌了？現在打不能打，罵不能罵，你抬起眼皮盯著她的目光。

你竭力把剛才的惱怒像機槍手狙擊兇惡的敵人一樣可是恰巧子彈卡殼又修復好的關鍵時刻，你把目光朝她憤怒地投去。

在此一瞬間她終於潰退了，冷眼裏射出一束光澤忽閃著移向旁邊，爾後，臉頰出現了一小塊粉紅的暈霞，漸漸地在白胖的臉上擴大一直到耳根，於是你興奮了，她的臉更紅了，紅得好像燃燒的火，你更加春風得意，冷嘲熱諷她和她的夥伴，三言兩語你們就吵得不可開交。

你橫眉立目口出狂言，於是你終於戰勝了對手。可是她不甘拜下風，繼續與你對抗。當夥伴把她拽到旁邊時你這才發現她哭了，於是你慌忙上前檢討著：「對不起是我的錯，小姑娘你這炮兵當得好威風凜凜啊，你繼續轟炸吧。」

在此之前，你天不怕地不怕鬼不怕神不怕，現在你怕了，你怕姑娘哭泣，你怕姑娘流眼淚，你站在姑娘面前惶惶不可終日。這時你希望她說一些原諒的話，可是她只說了一句「你是錯的」就跑遠了。

望著她的背影，你更加不安，連續幾天你都在思索你是錯的那句話。的確，你錯了，你讓一個姑娘下不了臺階，你讓一個女孩子丟失了面子。可是你在錯綜複雜中又對了，從此在你心中便留下了她的影子，記下了她的名字，你對她的愛扎下了深根，你希望有朝一日你再見到她，可是她愛你嗎？你還能見到她嗎？

當初你並沒認識到這是一個姻緣，現在你重新回憶時情不自禁感受到了這一點，也許這就是一個男人對一個女人最初的愛。

一想到愛，你的頭上熱汗直流，你感冒了嗎？臉上為什麼如此發燒？你問自己，問自己的內心，你一面收拾桌子上的報紙一面耐心等待她。

初戀讓你坐立不安，這時你心裏作了一首詩，初戀的你，初戀的她，她像一枝臘梅開放在風雪中，而你就是梅花下面的那朵雪花。這時你想起了一個作家的名言：「人生的愛情都有一根掙不斷的紅色絲線牽連著，這根紅色絲線就是由月老牽引的，說不上誰的命運就是如此。」是啊，你的另一端是誰呢？你的視線移向窗外，紛紛揚揚的雪花停止了，西南風吹跑了這地區的陰雲，太陽放出暖人的霞光，潔白的世界一片怡靜。

2

「小曹。」

有人喚你，你一聽聲音就知道是人事科長汪洋在喊你，其實你們寇里除了汪洋以外，還有一個人，那就是與你朝夕相處的我，可惜你並沒有注意到我這個大活人的存在，也許是同性相斥的緣故。

你聚精會神的樣子讓她提高了聲音，你一驚，急轉身詢問著：「有事嗎？汪科長。」

汪洋今年三十多歲，是從某某大學畢業分配到這裏的，她個頭挺高，人又漂亮，你與她在同一個辦公室工作，可是單位裏的人事安排都由她管，你想方設法往裏調一個人仍舊極其費事，即使費盡心機也是無能為力。

記得宋雲調來的那天早晨上班時，汪洋就是這樣甜蜜地叫你的名字，你拉過你的椅子請她坐，她雙腿放平躺在了椅子上。你見她累了就為她倒了一杯茶水，低頭翻看檔案袋裏的登記表，一見表上的照片你馬上身不由已地站跳起來，失聲地問著：「是她嗎？」

「人嘛還能有錯？」汪洋科長並未察出你驚異的神態和興奮的表情。她身子一挺端正坐著，然後問著：「你今天怎麼這樣囉嗦？不是她是誰難道說我敢換了人？」

汪洋不滿了，你沒有吭聲，悄悄地斜了她一眼，嘿，汪洋更加生氣，生氣時的臉蛋還真挺漂亮，你不由地停止了眼珠傻迷迷地凝望著。

「你盯我看什麼？我又不是你媳婦。」

隔了許久，你的腦袋被汪洋點了一下。

她假裝生氣地斥責著：「還不趕緊領人去。」汪洋說著輕輕飄出房門。

剩下你孤家寡人呆怔著，半響也沒有明白是怎麼一回事，一切都沉靜在寂寞中。

不一會兒，汪洋領著一個女孩子進來了，興奮地說：「來吧認識一下，這是新來的宋雲姑娘。」

你正沒精打采時，忽然看見了一個人，你啊了一聲，馬上在心裏叫喊起來。對她，對你，對汪洋，對一切有生命或無生命的東西。

宋雲穿件淺粉色上衣，黑色褲子，腳蹬一雙棕色皮鞋，一塊鮮豔的紅色紗巾披在肩膀上，神態即顯端莊賢慧又表現出一種浪漫文雅。她的人比以前又胖了許多，唯有那雙美麗而冷漠的眼睛裏隱藏著一種奇怪的光芒。

宋雲望著你似乎在回憶著什麼，驀地，她那凝固的眼神忽然閃耀起來，微不足道的薄嘴唇稍稍張開。她看看你，望望汪洋，然後深吸一口氣，以少女特有的敏感極其迅速閉緊雙唇，站在門旁靜靜捋著頭髮似乎等待你的發落。

你忐忑不安地走上前幾步，你想說：「你……」可是你了半天你也沒吐出一句完整的話來。

汪洋老練地朝你一呶嘴說：「我到局裏辦事去，你們談吧。」

汪洋說著，果然出去了。哐，汪洋將門關得很緊。

你倆彼此聽得見各自的心跳聲，想起在學校的相遇你的心跳更加劇烈，甚至渾身顫動牙齒嗑碰，於是你心裏叫喊著：「真沒出息，見面禮也不表示。」趁她不注意時你偷偷擰了一下自己腿上的肉，行，疼痛迫使你神志安穩許多，你故意踱著細碎的腳步，倒背雙手，時時地與她對視。沉默，沉默，再沉默。

「喂，炮兵！」

慢，你始終不渝沒有忘記她那炮彈似的語言。此刻，炮兵差點兒又走了火，怎能叫人家炮兵呢？人家是一個女孩子，至少是一個女人吧？對女孩子態度要端正，萬萬不可粗心大意，更不可風流。你囑咐自己要小心，當代世界男人普遍追求女人，從精神到物質，從錢財到性慾，彷彿只有男人懂得追求，女性不懂。

其實不然，女孩子追求男人更迫不及待，更膽大妄為。女孩子的野心是男孩兒所為喜歡的。也許，她們對別人野蠻，對自己的丈夫就要溫柔多情吧？

但願如此，你在心裏警告自己，似乎敲起了人生的驚堂木，故弄玄虛地將皮鞋踏得響徹雲霄以示威風凜凜，於是你用法官的口氣審問她：「喂，你什麼時侯畢業的？」

聲音很輕也很悅耳，天知道你這公鴨嗓是什麼時節轉變音碼的？你心裏忽然出示黃牌警告：「注意，本人是連裏聞名遐邇的東北大嗓門，在她面前突然襲擊變了音妙趣橫生。」你心裏感到好笑，臉皮十分嚴厲，靜靜地等待她的回答。

可是她不屑一顧，薄嘴唇僅僅那麼朝前輕輕一挑，神采奕奕地說著：「看見你的那一年，怎麼樣，你想入非非了？」

好神氣，你大吃一驚，語氣馬上變得緩和了，趕緊問她：「你沒考大學嗎？現在的機會有許多啊？」

「為什麼不考啊？我的目標就是清華大學，除此之外什麼大學我也不去，頭一年考了差五分，第二年考了差三分，人家都叫我大學迷，可是我連清華大學的門在哪裏都不知道，你說冤不冤？」

她樂觀地說著，彷彿對他講述一件與她毫不相干的往事，然後自嘲地笑了笑。

看她神出鬼沒的樣子，你的心裏酸酸的，如今上不起大學的人有許多，但考不上大學的人卻極少。你沉默著，繼續與她對視。可是你的眼神總是不敢看她。十幾分鐘後，你又開始在屋子裏徘徊。你倒背雙手，有意裝出漫不經心的樣子尋找藉口，你對她說：「有工夫我可以找你談一談關於朋友的事嗎？」

她眉飛色舞地說：「好啊，朋友們的事太多了，你想談哪一個？」

她問著，細細的眉頭再次彎到了一起，如同碰上一個什麼難題，認真地思索著。瞬間，她頭一昂，清清脆脆地說：「我的朋友們有許多，我的朋友們遍地開花，你想問哪個？是男是女？」

「當然是男朋友了。」你馬上緊張起來，希望她沒有男朋友。

誰知她的天才恰巧就是一句話能把你逗樂。

她哈哈一笑，順水推舟地甩出一句：「關於男朋友的事本姑娘正在尋找。」然後又是一陣狂笑。

你這嚴厲的臉也不自然地笑了笑，心裏說真爽快，與那些小心眼的女孩子相比真是天地之差，如果一個男人與這樣的女孩子相處，即使不是夫妻，這類異性朋友還是需要的。

宋雲在你心中留下了美麗的印象，你忽然產生了一種偏愛，想方設法在工作上照顧她，於是你問：「你有什麼愛好？比如你想做什麼工作？是到商場當營業員還是記帳當會計師？你喝水嗎？你們這些大學漏子混得不容易吧？如果有什麼特殊性優點我還可能照顧你一下。」

「大學漏子現階段太多了，找個工作非常難，你就看著分配吧。」宋雲推開水杯，傷心地對你說著關於她的往事。

說著說著，她的眼裏就溢出了淚水，彷彿一條小溪在你的眼前淙淙流淌。你望著她哭泣的背影，你無限同情，恨不得生出十雙手為她揩淚，為她的同伴扭轉前程。可是你不能，你現在佔有人人羡慕的崗位，愧疚人生，所以你只能利用職權安慰自己的良心安慰她的精神，現階段你能做什麼呢？一個排長級別的人物，手中的飯碗尚未牢固怎能幫助別人呢？怎能幫助自己心愛的女孩子呢？

你將視線移向窗外，那裏有微不足道的太陽光芒，雖然微不足道，但也是費盡心機才擠進屋子的，那光彩奪目的輝煌把宋雲的臉蛋映照得更加燦爛，泛起片片緋紅的潮暈。她仍舊在哭泣，滾滾而落的淚珠被光線這樣一串恰似一顆顆閃亮的珍珠，在陽光下閃閃發光。

這時，她忽然用手抹著發紅的眼睛不好意思地笑著說：「請你原諒我，我這人就愛哭。」

「不要緊的，女孩子渾身的所有細胞都是由淚水構成的，如果你不哭那才叫怪事呢。」你安慰她，其實你也不知道為什麼這樣說，也許是同命相連吧？

「噢，是這樣。」她輕嘘著，兩眼呆呆地盯著桌子上散亂的各式各樣的報刊。

片刻，她抬頭問你：「還需要談嗎？」

「談，為什麼不談？」你迫不及待與她又談了挺長時間，然後又約她下班時在醬菜廠門前見面。起初她不肯，猶豫一會兒後她馬上答應了，看出來她對你還是信任的。

3

一條平坦而筆直的柏油路斜著穿過醬菜廠門前，然後朝南拐彎抹角成曲線，再經過立交橋分成兩段。

遠處，宋雲騎著自行車緩緩而來，你像一個記者似的蹲在那裏選取一個鏡頭搶佔有利地形，扶著鋥亮的車把，一隻腳踏在半截水泥柱子頂端，然後喜悅地盯著她優美的騎車動作。

漸漸近了，你忽然靠近她，然後你們共同選取一個偏僻的角落興奮地談天談地，談了她在學校與你分手後她對你的思念，也談了你對她的思念，誰都表現出難捨難分的樣子。

以後的歲月真是出其不意地快，幾乎每天你們都要在這裏談著工作，談著理想，談著美好的未來。於是，這地方成了你倆約會的驛站，只要說：「晚上老地方」，毫無疑問，你們就會不約而同來到這裏。

一個烏雲密佈的傍晚，你們又來到了這裏。宋雲比你先到，看不見你她有些不安，直到你的影子在前方出現她才放下心。

你發現她今天的表情極其複雜，吭吭哧哧半響才說出一件事來，她告訴你說有一個同學的母親病重，父親在外地還沒有回來，她們想找你幫忙找個工作問你可不可以？

你當時就愣了，她的意思是想方設法在你這裏走後門，你的心裏馬上產生一種反感，真是亂彈琴。你與汪洋的關係就是因為調轉人事發生了矛盾，至少現在她還在生你的氣，可是她現在卻要求你為她的同學辦調轉，這在你的經歷中還需要慎重。

這一刻你有些討厭她了，撩起沉重的眼皮下了逐客令：「你還有事嗎？我們該回去了，這個鬼天氣太讓人沉悶了。」

「我不敢有事了，再有事你就更忙了，哎呀，你的眉頭謅什麼？難怪有人說你這人有一股政治味，看來她們說得並沒錯，你確實有這種毛病。」宋雲並沒有察出你的不愉快，相反，她居心叵測地笑得前仰後合。

可是你卻有些不高興了，瞪起溜圓的眼睛逼視她：「你說吧，是誰這樣說我壞話的？」

「命令嗎？如果是命令的話，不是軍人我不能服從你的命令。」宋雲的臉霎時嚴厲起來，彷彿平靜的世界突然刮起了風暴。她那雙冷漠的眼神又像炮彈似的朝你射來。

你慌亂了，不安的腦袋低下了，你避開她的眼光，用手輕輕撫摸著自行車上的鈴蓋。

這時天下起了淅淅瀝瀝的小雨，你們在雨中沉靜對視，緊張的空氣讓你有些窒息。

宋雲欲走，你更慌了，急切地拉著她的衣服乞求著：「你不要走，再談談好嗎？」

這時你才知道自己犯了一個不可饒恕的錯誤，你眼巴巴地望著她，心裏難過極了。

「算了，你好自為之吧。」宋雲非常冷漠地橫了你一眼，見你執迷不悟她發了火，朝你叫喊著：「你以為你是誰呀？你以為我這是在走後門？下崗職工託人找工作算什麼走後門？不找工作他們吃什麼？喝西北風啊？你呀你，就知道正派公平，白在社會上混了，我的那位同學爹媽都有病，難道說他們不值得你這大官人同情嗎？」

「我同情，可是我也是權力有限啊！」

宋雲發自肺腑的話讓你動了側癮之心，你答應幫忙，可是宋雲還是固執地離你而去。

望著越來越大的暴風驟雨，你的心裏涼涼的，因為你不明白愛情是怎麼一回事。直到有一天你翻看了一本書才知道愛情是怎麼一回事，原來愛情是最折磨人感情的紅綠燈，它常常讓你忘恩負義又得寸進尺，甚至到了可憐的地步，可以說是山窮水盡，這就是愛情的魔力，吸引你的精神始終不渝沿著相思軌道前行。

現階段你雖然不懂愛情，但你的心中早就滋生了愛的萌芽，你載始夜以繼日想念她了，甚至想像著宋雲怎麼樣帶著滿面春風來到這個不大的小院落裏來找你，然後你們在一起唱歌跳舞談笑風生。你真會想像。

其實，宋雲離開你後她確實到了同學的家，她在一扇破板門前停下來，鎖好自行車，然後徑直朝裏走。當她快到門口時，忽然聽見裏面傳來低低的呻吟，她怔怔地站在那裏傾聽著。過了好大一會兒，她才上前輕輕敲門，無人應聲。她默默地站著，稍許，她推開門，發現地上躺著一個人。

她一驚，叫喊起來：「大嬸嬸，你怎能下床走動呢？醫生不是讓你多休養幾天嗎？你這樣玉米麵是難過的，她知道了還不埋怨我的工作沒有做好啊？」

玉米麵是宋雲的同學，躺在地上的老婦人就是玉米麵的媽媽，宋雲費了挺大的力氣才將玉米麵的媽媽扶持到床鋪上坐下來。

玉米麵的媽媽今年內有五十多歲了，瘦弱的身子猶豫乾癟的棉花。此刻，她有氣無力地喘息著。半響，才費盡心機地對宋雲說：「孩子，你來了就好了，那工作有消息嗎？」

宋雲搖了搖頭，她現在心裏挺難過，自己有了工作，可是她的好朋友和同學尚未分配工作，玉米麵能維持嗎？正想著，玉米麵從外面忽然闖了進來。

一見玉米麵細如麻桿的腰身，宋雲噌地站起來怒吼著：「我去找他說理去！看他怎麼辦？」「回來吧傻孩子。」玉米麵的媽媽伸出乾柴似的手拉住宋雲的衣服，哀求她說：「你不要再難為人家了現在做事不容易，世道在發生變化，我和玉米麵商量好了明天讓她與隔壁四愣子合夥做生意，會好的。」

玉米麵的媽媽眼圈紅紅地說著，也許是說累了她不停地喘息，

玉米麵樂觀地敘說著她的遠景規劃，末了還開起了玩笑：「到時歡迎你來任我們的總經理！」

宋雲笑了，但她笑得有些勉強，她的眼睛發酸，看著屋子裏的東西她不安地說：「剛做買賣沒有錢，我交二百元入股。」

宋雲說著掏出二百元遞給玉米麵，其實她知道這哪是什麼入股啊，這是她幫助玉米麵的錢。

玉米麵搖了搖腦袋，說：「你這點錢不夠數。」

宋雲伸出三個指頭，說：「三百行了吧？」

玉米麵還是搖頭，宋雲又問：「四百行了吧？」

玉米麵仍舊搖頭，直到搖到宋雲伸出十五個指頭才見玉米麵點頭。

宋雲忍不住地問著：「到底需用多少錢啊？」

「四愣子說至少需用五千元。」玉米麵聲音很低。

宋雲瞪起了眼睛：「哪裏會有這樣多啊？」

玉米麵和宋雲都不在吭聲，屋子裏只有玉米麵的媽媽在咳嗽著。

4

二個星期後，宋雲再次來到玉米麵的家裏，玉米麵和她的媽媽正在吃午飯，見宋雲進來她們慌忙放下碗筷迎接。

玉米麵的媽媽病減輕了話比從前多了許多，她對宋雲說：「幸虧你們幫了嬸嬸的忙，要不是你們借錢，玉米麵現在不知要等到哪一年才能上下班。現在好了，玉米麵每天掙好幾元錢，夠我們一家人吃的了。」

玉米麵的媽媽一席話說得宋雲心裏熱呼呼的，她本世紀來是想借給她們二百元，但她見她們母子困境她咬牙賣掉了自行車，又與哥們借了幾百成全這一家人。宋雲雖然做了一件好事，但她的心裏深處仍舊還有一種苦惱。

當她從玉米麵家走出來時，玉米麵的媽媽忽然問她：「宋雲，你的自行車呢？」

「噢，是這樣……」宋雲一驚，慌忙撒謊說：「我的自行車被我嫂子騎走了。」

事出有因，玉米麵的媽媽並沒有懷疑什麼，但宋雲卻神經過敏地回了家。從此，在她的心裏一直恨一個人，那個人就是你。

現在你知道事情的原委，後悔了，可是以前你幹什麼去了？現在，你以各式各樣方式接近她，結果都碰了軟釘子。當然，她的冷漠需要你的愛情的火焰來點燃，你的心裏有時酸溜溜的，一個男子漢大丈夫連一個女孩子都得不到，未免太讓人寒心了吧？可是你知道嗎？愛情的苦果是由自己釀造的，也是由你自己獨自享受的，外人只能眼睜睜看著你們來去匆匆，誰能解脫呢？

你在痛心疾首中獨自思索，解鈴還需要繫鈴人，這話一點不假。在匆匆忙忙的工作中，你漸漸滋長了一種嶄新的想法。你想請汪洋科長幫你的忙，現在汪洋科長叫你肯定是為這事，你猛然躍起真想給這位世界最佳介紹人發一枚金牌。

記得有一次寇里打掃衛生，你還給汪洋科長一個惡作劇，而且是在宋雲成前。

那天，你故意湊在宋雲跟前，你朝東，她朝西，你再朝西，她朝東。你們就在這光天化日之下，把汪洋科長逗了。

宋雲把你冷嘲熱諷一番後，站在那裏發傻。

汪洋科長拍著你的肩膀笑容可掬地問你：「看什麼呢？瞧你愁眉不展的樣子，是不是又犯錯誤了？用不用我對她採取緊急措施啊？」

「喲，科長觀察得真仔細。」你回敬科長一句，心裏卻在暗暗罵她。

能不愁嗎？少女懷春，興夥思愛，這是人世間的普遍常識，你連這都不懂真是棒棰，現在還需要問我嗎？明眼人一看便知。看什麼？看你給我牽的紅色絲線？看你現在向我咋呶嘴？討厭，討厭，再罵十幾句也不嫌多。是你怠慢？還是她有好奇心？

只見她踮起腳尖探頭張望，喲，是汪洋科長，難道說你也是找對像？這時侯，你仍舊在進行惡作劇，冷嘲熱諷汪洋科長，好像她的努力就是為了得到你今天頒發的最佳介紹人獎章。

現在你懷著期望等待著把這一鼓舞人心的消息告訴汪洋科長，讓她也分享你的幸福，分享你的甜蜜，也分享你的痛苦。

可是不等你說話，汪洋科長對你講述了一個驚天動地的事實。「小曹，讓大姐告訴你……」汪洋科長輕輕靠近你放低嗓音嘀咕著，你一邊聽一邊看看宋雲現在在哪裏？上沒上樓？你在苦心等待她呀！院子裏什麼也沒有，鍋爐房的的大煙囪孤芳自賞地直立著，投下一條陰暗的影子。

汪洋科長神經過敏地不停地來回踱步，時時抬頭看看你的臉皮似乎在察言觀色。

發生了什麼事？你終於讀懂了科長臉上的內容，焦急疑惑催促她快刀斬亂麻地講述著。

也許是汪洋科長受不了心中的煎熬，也許是她見你痛心疾首，於是她終於對你說了實話：「小曹，大姐告訴你一個實際情況，宋雲她……她……她生過孩子，那個人就是四愣子。」

什麼？這真是天下少有的奇聞怪事，你心裏哆嗦了一下，霎時失去了知覺。你竭力不讓自己倒下，你是男子漢應當有一種氣慨，隔壁業務股人聲嘈雜使你厭惡，心越煩神越亂，空虛的精神在痛苦中悄悄呻吟。你不知自己為什麼呻吟，呻吟流逝的歲月，呻吟冰冷而惆悵的心靈。

你搖搖晃晃來到窗前時，樓臺角落又出現了宋雲美麗的身影可惜呀，鮮豔的影子蒙上了一層不太光彩的顏色，你搖了搖頭無可奈何退回到桌子前。

此刻，你已陷入一種痛苦中不能自拔，哀歎憂傷使你進入悔恨的境地。你不顧汪洋科長的勸告發瘋地揪著自己的頭髮，咒罵著，同時指責自己故弄玄虛純粹是掩耳盜鈴，是想方設法一醜遮百醜。

這時，你忽然想起了一位作家的詩，你警告自己的心靈，毀滅吧，毀滅燃燒的火焰，不要把初戀當成幸福的開始，不要把第一次相見當成愛情的最高境界，更不要顧影自憐的一見鍾情。冷卻吧，冷卻沸騰的血液，冷卻翻滾的情潮，當一天和尚撞一天鐘，這才是理直氣壯的歸宿。你從來沒有像現在這樣狼狽，這樣的捫心自問發洩著憂鬱，你不相信愛情的列車在你最幸福的時刻停滯不前，你不信，你真的不信……

砰，你一拳砸碎了桌子上的暖水瓶，碎片和水珠濺了你滿臉，使你的模樣更加醜陋不堪。

汪洋科長有些害怕，看你的臉色青得嚇人，睜著似乎凝固了的眼球結結巴巴地勸告你說：「小曹，你別想不開，我該早點對你說，可是我卻不知說什麼好？你看這事讓我鬧得……」

隨著暖水瓶的爆破聲，你恢復了常態，一字一頓地問著汪洋科長：「你說，她現在在什麼地方？到底發生了什麼事？為什麼隱瞞我這麼久？」

汪洋科長看了看你，知道不說是不行的，就流著淚水敘說著：「有一天晚上，宋雲幫助玉米麵的媽媽去醫院看病，在回來的路上她被四愣子騙到家裏……這已是四年前的事了。」

媽的，這群該死的流氓。聽完汪洋科長的敘述，你幾乎憤怒得發了瘋狂，恨不得馬上跳到樓下。

當你大罵混蛋們的性慾連牲畜都不如時，你冷靜了，忽然問汪洋：「科長你是怎麼知道得如此詳細？為什麼不早告訴我？」

汪洋看了看你，實話實說了：「我跟她是鄰居，噢，她馬上就來了。」

「不，不要來，不要來。」你忽然發瘋般地叫喊著，「我不要一個生過孩子的女人，我是一個……處男！」

駭人聽聞的叫喊驚動了全樓的人，他們驚惶失措地跑來朝這裏湧現，片刻工夫就把樓梯擠滿了。

汪洋科長順緊張地關嚴門，溫柔而平靜地勸告你：「宋雲是一個好女孩子，她的事讓許多人為她同情，她是為了別人的快樂而毀滅自己幸福的人。儘管這是不幸的毀滅，她仍舊是堅強的，她早想把這事告訴你是我不讓她說，因為我相信你一定會做出讓人滿意的決定，你對她的感情就說明了問題，而且思念極深。你聽著，從宋雲認識你那一天開始，她始終不渝沒有忘記你，請你記住男女之間的愛情僅有一次，錯過去了就會痛苦，錯過去了再也不會發生這種初戀，何去何從你自己選擇吧。」

汪洋說完，居然頭也不回走了。

你獨自沉思著。

5

宋雲是什麼時侯進來的你一無所知，她站在你背後盯了你良久你仍舊是一無所知，再後來她傷心地走了，你還是一無所知。

你拖著沉重的腳步蹣跚地走到家裏，躺在床上苦思苦想。你不明白愛情為什麼對你如此刻薄？如此無情？難道說你愛的是一個生過孩子的女人嗎？可是你為什麼偏偏愛上了她？為什麼你愛的人偏偏生過孩子？而且還是與人為善時發生的，這些現象是為什麼？為什麼？你叫喊著，你狂妄地叫喊著，可是沒有人回答你。

連續十幾天你躺在床上過著精神迷茫的生活，只能從醫生那裏吃幾片安眠藥和補心劑來打發時日。你牙齒痛，心裏更痛，滿嘴起了水泡，舌頭上的水泡更是嚇人，又白又硬的圓圈一個挨一個。假如不是為了她，何必要受這樣的罪？假如不是因為感情，何必在愛情的十字架前誠心誠意祈求？現在，你朝天發問：「愛情啊，你是什麼？」天不語，於是你又問：「愛情啊，你是什麼？」地也不知，人世間的怪事就這樣讓你不可理解。

直到現在，你也不知愛情是什麼樣的東西，只不過覺得在你情緒上似是而非有一種壓抑人的東西，既朦朧又實在，飄浮不定又摸索不著，心裏有又說不得的慾望。這種欲折磨你的神經，折磨你的心理，讓你南北不辨，真假難分，陷入一種苦悶中不能自拔。忽然有一天，你無意中從苦悶中解脫出來了，解脫的速度之愉令人驚動。

那是一個讓人記不清的日子，你躺在床上忽然明白了宋雲為什麼冷淡你的原因了，為什麼她與你在一起時只談工作不談愛情，其中主要原因就是她心裏有你，與你是心照不宣。

也許挫折讓你成熟，你冷靜地分析了你與她從相識到工作，又從工作到交往的來龍去脈，是愛情這條紅色絲線把你們連到了一起，而世俗又想方設法把你們分開。你有心娶她又受不了世俗的刁難和人們的誹謗，儘管這是世俗的可悲可歎，也是世俗的可惡，它們畢竟是千百年來流言蜚語，是舊社會的習慣，現在誰能衝破這道阻力呢？

早晨的陽光燦爛散步在屋子頂端時你問父母，夜晚寂靜無聲中你凝神思索，你想問蒼天問大地，還想問別人問自己，更想問天下所有男子漢，如果你們碰上這樣的事怎麼辦？

你問得好，問得對，愛情不僅是男女雙方的，也是大眾的。在眾目睽睽下你的愛情失落了，得到了深刻教訓。

尤其是男子漢們他們對你的問題的確不好回答，因為一個正直的男子漢在愛情問題上是從容不迫的，可是現在你想方設法問他們就不好回答了。

說長道短都可以，說深說淺都有，或多或少還需要時髦一把。曾幾何時，有人說過愛情是單一的，單一的愛情就是自私，只爭朝夕往前愛，莫管他們的實際年齡。外地人不是有六七十歲的老大娘或老大爺娶了一個二十多歲的小夥或姑娘嗎？他們這樣做不是傷風敗俗是什麼？這在一些人眼裏是不成體統的。

為什麼要這樣？是為了愛情嗎？中國人的那種有情人終成眷屬的話還有進步意義嗎？這是不是開明呢？為什麼女孩子發生了不幸就要被人誹謗？而且還需要降人一等，她們與你差什麼呀？人啊，為什麼非要誹謗別人呢？為什麼你尚未正式宣佈與她結婚就有人前來阻擋呢？人們在閒情逸致時為什麼總拿別人的隱私來說事？為什麼不說說你自己？明明知道人家是誠心誠意為什麼還需要竊竊私語？你的父母明明知道你喜歡一個女孩子為什麼還需要阻撓呢？你為什麼說不服他們呢？

這個時期是你發瘋狂的時期，逢人就問這是愛情嗎？愛情是這樣子嗎？於是有人諷刺你，有人嘲笑你，還有人把你當猴耍，說你沒事扯犢子。

其實在你看來，善意與惡意就在人們的一念之差，經過痛心疾首你總結出這樣一句話：「只要有愛就會有情。」

由此及彼，說明你對愛情總算有了新的理解，當你再深思熟慮時就不難發現愛情不僅僅需要感情，還需要信用，有時信用是最崇高的。

一個星期三的下午，你負責檢查安全防火實施情況來到了工具庫，龐大的倉庫分上中下擺放不同的三種商品。南端是樓梯，北端是吊車，在吊車旁邊你恰巧遇上了宋雲。她是來領貨的，你想請她趕緊離開危機四伏的吊車部位，誰知剛巧一邁步就被吊車板夾住了腿。

「哎呀，我的腿……」

你痛得失聲叫喊，迅速按下了旋鈕。只聽吊車忽然抬起，你乘機抽出腿，然而還是晚了一步。

當你抽出腿的同時，吊車板碰翻了二層板探出頭的一個木箱，沉甸甸朝你砸下來，躲避來不及了，一切由你引起的事故將要發生。

你閉上眼睛什麼也不敢再想了，只等可怕的結果發生，在此一瞬間，你的腰忽然被什麼東西撞了一下，身子倒在旁邊。未等你搞清發生了什麼事，木箱有驚無險地落在旁邊。

你慶幸，轉身找救你的人。

「是你？」

吊車下，宋雲朝你微微一笑，你跑過去握她的手，含著激動的淚水連連道謝。

「哎呀你的手上有血。」

你忽然感受到宋雲的手上滑膩膩的，低頭一看原來是她的手在流血，你的心痛了，千頭萬緒化為一句話：「趕緊包紮一下吧。」

宋雲彷彿什麼事也沒有發生似的抽回手，拍拍身上的塵土，然後一聲不吭地搬起木箱。

這時你急了，攔住她說：「你放下讓我搬吧！」

「承蒙關照，我的工作從來沒有讓人替代的習慣。」宋雲冷冷地掃了你一眼，避開你。

這時你跟隨她來到門前，淚眼汪汪地說：「你的事我都聽說了我想與你結婚！」

「請你不要打攪我的工作，請你躲遠一些。」宋雲像一隻發狂的雄獅一樣朝你怒吼著。

你愕然後退著，想了想，你再次笑顏逐開靠近她：「假如我不躲避呢？」

「那就請你搬起石頭砸自己的腳吧！癩皮！」宋雲放下木箱，東搖西擺地走遠了。

你心花怒放淚水模糊了雙眼。回到辦公室後，你的思想感情如同一匹奔馳的野馬再也收不住僵繩了，眼巴巴望著宋雲從窗前經過時的憂鬱。你憂心如焚，於是你的胸中再次湧現出悔恨的潮流。

你在心裏說：「宋雲啊宋雲，是我對不起你傷了你的心，讓你破裂的心裏淌下了鮮紅的血。」

這一刻，落日血紅，你貪婪地想抓緊這留在人世間最後的一抹殘陽，為她為你也是為汪洋科長獻上一束燦爛的花朵。同時你鄭重表明你是愛宋雲的，終身只能愛她一個人。

你的果斷和抉擇說明你對愛情是有了新的認識，因為你終於用事實證明了你靈魂深處最隱蔽的愛情。這就是我對你觀察得到的唯一感受。

宋雲果然如約而來，她帶著特殊的魅力走近樓臺走近你的身旁，那美麗的倩影讓你心中的感情像滾燙的開水沸騰到了極點。

此刻，你腦暈心亂，渾身有一股春潮般的熱流在沖騰。啊，青春的閃光燈終於被你打開了，接踵而至的就是愛情的旗幟在年輕火熱的心中悄悄蕩漾。

她來了，你想與她談什麼？談工作？談你自作多情？談天然的巧遇？還是談月老扯下的這條紅色絲線終於拴住了她的那一頭？如果是這樣，你想親口告訴她，也許她會搖晃著腦袋拒絕你，或羞愧地點頭微笑。

不管怎麼樣，不管她同意不同意，你都要對她說，你這一生只認她一個女人，至於別人怎麼說某某找一個生過孩子的女人你根本不在乎，那是以後的事。

看到你高興我也高興，誰讓你我是朋友啊？

過午的陽光燦爛輝煌，曬得濕潤的大地冒著霧氣，你拎著皮包屏住呼吸貪婪地望去，心裏只有那個紅影那雙眼睛，還有小樓。

月光下的陰謀

我們的卡車沒油了，不得不臨時在小鎮住上一晚。我們都是年輕小夥子，住下後便開始尋找漂亮女孩子。

五六個男子漢嘆息著，有人抱怨這鎮上的女孩子怎麼這樣少啊，是不是對我們幾個哥們有意見啊？我們來到一個酒吧，這是我們經常光顧的地方，絕大多數陪我們的女孩子都是從這裏找到的。我們喝了酒，女孩子送我們離開，有人提出帶女孩子回賓館，我拒絕了。

在這些人中，我年齡最大，三十而立，他們一個個都是小夥，我理所當然拒絕了。不為別的，也是為他們好，可是我為他們好，他們可不這樣認為。

有人嘲笑我：「怎麼樣，你的東西是不是不好使呀？難怪你現在沒兒子……」

面對夥伴的嘲笑，我氣急了，也開他們玩笑：「把你媳婦送我保證第二天讓她肚子起來，不相信你就試驗一下……」

玩笑歸玩笑，我還是拒絕了他們帶女孩子回賓館的要求，畢竟這是外地不是在家裏，萬一出了什麼事誰負責。然而我的拒絕帶給他們的是一種理由，他們一個個尋找藉口離開賓館，他們說碰到了一個熟悉的朋友，所以必須離開賓館。

我知道他們離開賓館的目的是什麼，無非是尋找漂亮女孩子，他們想幹什麼我還不知道嗎？我沒辦法阻擋他們，只好聽之任之，這也是沒辦法。他們的好壞與我個人沒關係，雖然我想方設法幫助他們，可是他們不聽我的話，只好如此了。

室內寂靜，賓館悄然無聲，他們離開了，我自己也沒什麼意思。不如出去走走，看看這個小鎮有什麼好玩的，也看看他們是否找到了漂亮女孩子。

起初，我漫不經心地走路，可是感到腳下的路有些搖晃，是我喝多了嗎？以前我也喝這些酒，可是哪次也沒有感到搖晃過，這次為什麼感到搖晃呢？

走在街頭，我看見四面八方一片閃亮，漆黑的夜晚只有不遠處掛著一輪月亮，那些閃亮的光就是這月亮映射的。我走了幾條小巷，串過幾處大街，最後停在一個酒吧門前，心裏在尋思，那些哥們是否隱藏在這酒吧裏？是否已經找到漂亮女孩子陪同了？

我站在門前踟躕著，心裏說如果這些臭小子被我抓到現行休怪我對他們不客氣，可是不客氣有什麼用，難道他們就不想嗎？我知道現在的女孩子不值錢，絕大多數也是靠這些混飯吃，他們想找漂亮女孩子也是由此及彼，我能管得了他們嗎？

月光一閃一閃的，我的心一顫一顫的，平時趾高氣揚，現在怎麼是這種德行。在這個小鎮，有很多吸引我們的地方，起碼是肉體夢想的地方，酒吧讓我想入非非。他們會不會在這裏？會不會有女孩子陪同？哪怕她們並不漂亮，夥伴們不也是需要嗎？

有一個故事，說是姐姐跟妹妹懷疑對方與自己的男人有性關係，可是誰也不分開。忽然有一天，姐妹離開了，先是妹妹離開，與姐姐的男人見了面。接下來，是姐姐離開，與妹妹的男人見了面，她們離開的時間都不長，不足半小時，而她們都與對方的男人發生了關係。這個故事說明男人與女人不在什麼地方，不在什麼時間，只要讓他們或她們有時間他們或她們就會得到滿足。

眼前的酒吧是不是讓人滿足的地方呢？我不知道，可是我在思索，我的那些夥伴在哪裏？他們是不是已經找到漂亮女孩子了？我在這個陌生小鎮，走在街頭，我想瞭解的和我想看見的是不是一回事，現在我懷疑自己的能力了。

酒吧裏有很多人影在晃，他們是誰我不知道，有沒有我想找的夥伴我也看不清，只是聽見耳邊響著音樂，還有人唱歌。他們唱什麼，我聽不清，聲嘶力竭，還有歇斯底里。年輕人就是這樣，平時看他們一個個老實得如同一隻貓，真正讓他們喝酒時一個個馬上變成老虎了。聽著他們唱歌，我在想他們是不是找到女孩子了，是不是已經準備睡眠了，這是一個充滿異性相悅的地方，還有夢想成真的肉體交易。

在這個不大的酒吧裏，什麼樣的女孩子沒有啊？想唱歌的有，想出賣自己的有，想得到物質財富的有，就是沒有加強道德修養的。錢財成為社會的萬能膠，幹什麼都有這種萬能膠，沾得人們不想幹別的，只想得到這些，為了得到只有如此。

如果說世界上什麼地方最骯髒，我敢說這個酒吧最骯髒。女孩子風華正茂，男人們喝著酒、吵架、叫喊，應有盡有。還有隱約可見的販賣毒品或搖頭丸的。現在毒品升級了，各式各樣粉也開始肆意販賣，一切都要私下交易，沒有人管，沒有人發現，或發現也不說。這樣的酒吧明著是喝酒的地方，實際上暗裏是歡喜的地方，歡喜什麼，男女老少各有所得，或多或少這就是現階段的酒吧。

月光在天空中閃耀，這時的月光已經被燈火籠罩著，沒有人注意月光，都有在盡善盡美的跳舞、喝酒、歡喜。

我在街頭忽然感到自己被社會拋棄了，原來現實的人是如此狂妄，他們或她們白天是人晚上是鬼，居然隱藏在酒吧搞陰謀詭計。

我看見有幾個漂亮女孩子被幾個老闆似的人帶走了，他們一個個都有轎車，那些漂亮小姐坐在轎車裏撒野著、叫喊著，噴著酒氣。

有一個小姐沒有男人陪同，居然跑到我身邊詢問：「男子漢敢不敢陪姐妹喝一杯？」

如果是平時我會說敢，可是現在我不敢說敢，誰知道周圍有多少是小姐的人，這喝酒是不是小姐設的局？

我看著小姐，也躲避著，畢竟小姐不是光彩的人，她們做事也不是光彩的事。

也許小姐看出我在回避，心裏有些不高興，嘀咕著：「怎麼了，本小姐叫你不來呀，是不是怕給錢呀？」

小姐上來拉我，我感到莫名其妙。

小姐更加肆意：「怎麼樣，本小姐漂亮吧，沒見過吧，來吧，今天晚上就是你了，小姐陪同你歡喜……」

下面的話我是不敢說出來了，小姐明目張膽點名要我，這在我的人生經歷中是少見的。

也許我的冷漠刺激了小姐，她忽然拉著我的胳膊問我：「把我送回家如何？」

我說：「我沒車，沒辦法送你回家。」

小姐笑顏逐開：「我有車，有幾輛轎車……」

我不知道小姐說的是人話還是酒話，希望她說的是酒話，不是人話，是人沒有這樣說話的。我拒絕小姐的要求。

誰知她似乎纏上我了，輕聲地說：「幫助我吧，否則你也走不了……」

我告訴她：「我有事，我是來尋找兄弟的，尋找我的夥伴。」

小姐說：「你的夥伴都在裏面玩得開心，你幹什麼讓他們不開心？」

我吃驚：「你怎麼知道我的夥伴？」

小姐說：「你不就是卡車司機嗎？」

天吶，我不僅吃驚，也服氣。這是哪家小姐？為什麼瞭解得如此詳細。我聽人說過，現在的商人基本上是半個間諜，只要他們吃飯喝酒，用不著半小時商家就會對他們底細瞭若指掌。我暗暗佩服小姐，佩服商家。難怪小姐一個勁糾纏我，看來我不送她是不行了。

我提出了約法三章：「一不進家門，二不進院門，三不進後車門……」

我的約法三章剛出口，小姐笑顏逐開：「這哪是約法三章，簡直就是一個真正的地下工作者，行了，你把我送到家就行了，我也不難為你了……」

我同意了：「好吧，就這樣辦。」

月光下，小姐上了轎車，然後吩咐我：「路上有人問不要說話，只管聽我說如何就如何，聽懂了嗎？」

我點頭：「是的，聽你的。」

在此我聲明，我答應小姐並不是我看中小姐漂亮，而是我擔心途中出事，萬一有人騙我怎麼辦，這事不是沒發生過。都說女人怕男人，現在男人怕女人，這算什麼事呀？整個世界顛倒了，社會變革把人變成這損樣，還有沒有人管了？

藉著街市燈光映照下，我看見小姐的轎車是寶馬，這個小姐家裏真有錢，連幹這個的也有寶馬。

一路上，連過幾道員警關，我沒說話，都由小姐說。員警似乎習慣於這種說話，他們也是見小姐漂亮詢問不多，我也懶得管他們之間有什麼屁事。

就在我幸災樂禍時，轎車被一個員警截住了。

「停住。」員警伸著胳膊。

小姐問：「你想幹什麼？」

員警說：「搭車。」

小姐煩了：「不行，我的車不讓員警坐。」

員警問：「為什麼不讓員警坐？難道怕吃了你？」

小姐說：「吃我的員警還沒生下來呢。」

也許話不投機，也許員警有紀律，他對小姐說：「我不跟你說，我跟司機說。」

小姐反唇相譏：「你跟他說沒用，他是我丈夫。」

員警吃驚，我也吃驚，這個小姐膽量真大，什麼話都敢說，什麼屁都敢放。

我對員警說：「你到哪裏，路途不遠就上來吧。」

員警上了車，對小姐埋怨：「你看看你這樣，你看看你丈夫他多好啊，員警會感謝他的。」

小姐叫喊：「你感謝他去坐他的車好了，幹什麼坐我的車？你下去，下去，停車。」

小姐叫喊，員警也拍了我的肩膀：「停車吧，我下了。」

我說：「你坐吧，快到地方時你再下。」

員警點頭，我趁機加大油門。

又過了一段路，小姐叫喊：「停車，讓他下。」

我故意不停車，可是小姐仍舊叫喊：「停車，讓他下。」

迫不得已，我停下車，員警下車，揚長而去。

員警離開了，我第一次看見一個員警的面子毀在小姐身上。

我抱怨：「不就是一個員警嗎。讓他坐一站算什麼？」

誰知小姐憤憤地說：「你知道他是什麼人，萬一他不是員警怎麼辦？」

小姐一說，我的身上起雞皮疙瘩，心有餘悸。是呀，小姐說得沒錯，萬一他是假員警，我和小姐危在旦夕。想著，我暗踩油門，轎車瘋狂朝前奔馳。藉著微弱的燈光，我看見小姐有些飄飄然，可能她想睡覺，嘴上不停地打哈欠。

我問：「你家在哪裏，是不是快到了？」

小姐反感地說：「不是不讓你說話嗎？廢什麼話？」

我閉上嘴巴，心裏卻在罵小姐：「你他媽是什麼婊子，裝什麼呀？」可是罵歸罵，我還是小心翼翼觀察周圍，唯恐發生意外。說實話，我也是堂堂男子漢，也是而立之年，什麼樣女孩子沒見過，什麼樣小姐沒見過，可是從來沒見過如此霸道的小姐。

我問她：「你想把我弄到哪裏？你到底在哪裏下車？」

小姐仍舊昏昏地說：「我家就在前面不遠處，快到了。」

我一聽快到小姐家了，更加小心翼翼，仔細觀察周圍環境，準備萬一碰上意外我好及時逃走。可是我想逃走只是一瞬間的事，發生的事也是瞬息萬變。

就在我與小姐對話時，轎車前面忽然站著一個人。他臉蒙著，是蒙面人，這種人我在電影電視中見過，在現實中還是第一次見。

「你們都下車。」蒙面人手拿手槍命令著我和小姐。

我問小姐：「怎麼辦，衝過去嗎？」

誰知小姐斥責：「你找死呀，能衝過去嗎？沒看見他手裏有槍嗎？」

我知道這時我可能被脅持了，小姐極有可能跟蒙面人是一夥的，剛想衝過去，不料被小姐拉了下來。

「你想幹什麼？」我問蒙面人，同時也是問小姐。

蒙面人上來就是一頓拳頭，我被打得暈頭轉向。

我憤憤斥責：「你想幹什麼說話呀，為什麼打我？」

蒙面人說：「打你幹什麼你自己還不清楚嗎？用我說明確嗎？」

我問小姐：「你知道他截我幹什麼？是想劫錢財嗎？可惜我沒錢。」

誰知小姐說話了：「他截你幹什麼我怎麼知道啊？哎呀，蒙面人你截他幹什麼？截我幹什麼？說明白呀？」

蒙面人也樂了：「我也不知截你們幹什麼，我就是想截你們玩笑一下……」

蒙面人說話時，手槍在我的眼前晃，我當過兵，對槍也是瞭解的，忽然發現手槍是假的，是兒童玩具。我迅速上前給了蒙面人一陣拳頭，然後拉著小姐跳上車開足馬力朝前奔馳，蒙面人在後面叫喊，罵著，我也沒理睬。轎車箭一樣射出好遠。

「沒想到你這人還有這本事，真是小瞧你了……」小姐挖苦地嘲笑我。

在燈光下，我發現小姐的胸部第一次曝露無遺。

我說：「你年輕輕的幹什麼不好，為什麼非要幹這個不可？」

誰知，我一句話又捅了馬蜂窩。

她斥責：「你知道什麼呀？」

我膽量大了，辯解著：「我不知道什麼還不知道你嗎？你是幹什麼的我一目了然，勸告你回家吧，別在街頭丟人現眼了。」

「停車。」小姐忽然叫喊起來，可能醒酒了。

我問：「你家到了嗎？」

小姐怒吼：「我家沒到你下車，我的車不允許你這樣的人坐。」

我不明白，詢問：「怎麼了？我也沒惹你吧？」

小姐振振有詞：「你沒惹我，可是你說話難聽。」

我反問：「我說什麼話難聽了，不就是說你在街頭丟人了嗎？難道不是嗎？」

小姐氣急敗壞：「有你這樣說話的嗎？找抽嗎？」

我沒再說長道短，既然如此，我也沒必要與小姐鬧事，在這一畝三分地裏，四面八方都有小姐的苗，我還是少說幾句吧。

我下了轎車，小姐丟下一張票子：「你自己打車回去吧……」

我擔心碰上蒙面人，問小姐：「你就這樣放心讓我離開嗎？」

小姐反問：「不放心如何，難道你忘記了你我約法三章嗎？」

小姐一提約法三章，我馬上反應過來了，的確有約法三章。

我說：「既然你到家了，我也沒必要跟隨你了，再見。」

我沒有撿地面的票子，再窮在女孩子面前我也是有分寸的，何況小姐的錢也不怎麼乾淨。

我離開挺遠，小姐駕駛轎車追來，她在車裏叫喊：「你不會拒絕我的好處費吧？」

我沒說話，繼續走，已經沒必要跟隨這個小姐了。我看見小姐把轎車停在一個角落，我以為她到家了，也不再詢問，跳著腳離開這片社區。

就在我即將揮手招呼計程車時，忽然聽見小姐叫喊：「救命呀！救命呀！」

我一聽，不是到家了嗎？怎麼還喊救命呢？是不是小姐又在搞惡作劇，她一路上沒少開這樣玩笑。想來，我心安理得朝前走，我要趕緊返回尋找夥伴看他們到底在哪裏。

「救命呀！」

小姐仍在叫喊，同時還有男人的說話聲。

我一聽不是開玩笑，警惕性一下起來了。我跳起腳就朝叫喊地方跑去，我想盡快救出小姐，可是當我到跟前一看時我自己吃驚了。原來，又是蒙面人，他幹什麼總跟我們過不去呀？

我說：「為什麼是你呀？既然你想搶東西，幹什麼還需要蒙住臉啊？」

蒙面人有些不高興，恨不得吃了我，他斥責說：「我想幹什麼還需要你教訓我嗎？是不是找死呀？」

我說：「是我找死還是你找死？你用兒童手槍就敢搶人太放肆了吧？」

蒙面人吃驚：「你怎麼知道槍是假的？」

我上前一步，提醒他：「槍是假的，你也是假的，如果你不放了她我抓你進公安局。」

我一提公安局，蒙面人一下就傻了，他慌忙擺手：「好好好我放了她還不行嗎？咱們是井水不犯河水，以後來日方長。」

蒙面人放了小姐，嚇跑了。

小姐興奮地說：「沒想到你這是英雄救美，小姐今天晚上歸你了。」

我嘲笑地說：「算了吧，你趕緊回家吧，別在街頭丟人現眼了。」

這時我看見小姐難過了一下，這次她沒有怒吼，我也沒再說什麼。

片刻，我勸告：「既然你到家了，趕緊進屋吧，我也回了。」

我做出離開的樣子，剛走幾步，小姐說：「這不是我的家。」

我再次吃驚，小姐又要跟我玩什麼把戲。我問：「這裏不是你的家，你的家在哪裏？趕緊回家吧，你爹媽還等你呢。」

「我沒有爹媽。」小姐忽然說話了，然後靜靜地坐在轎車裏。

我看著小姐也不知勸告什麼才好了。

沉靜，沉靜，夜晚的靜止讓我跟小姐的心跳也產生靜止。

我走前幾步，問她：「你的爹媽在哪裏？剛剛截你的蒙面人你不認識嗎？」

「我不認識他，誰知道他是幹什麼的？」小姐第一次委屈地訴說。

我心有餘悸，難道剛剛錯怪小姐了嗎？

我提出懷疑：「既然他不認識你，為什麼三番五次來截你呀？你跟他以前有仇嗎？」

小姐斥責：「我跟他以前並不認識怎能有仇呢？」

是呀，小姐說得沒錯。可是蒙面人是誰？搭我們轎車的員警又是誰？一切都有秘密，誰知道秘密呢？這個晚上讓我很不放心，又是小心翼翼，本來我是擔心夥伴鬧事，現在他們沒鬧事我自己鬧事了，還需要被這個小姐嘲笑著。

「你家在哪裏呀，還需要我送你嗎？」我問小姐。

她看著我說：「不用了，你回吧。」

我說：「天這樣晚了，你自己回去我不放心，還是讓我送一下吧。」

小姐想了想，順水推舟：「好吧你就送我一次，謝謝你了，大英雄。」

這次小姐口氣很真，可能發自肺腑。

我信口開河：「是呀，你看這一晚上盡陪你了，也不知我的夥伴都在幹什麼？如果……」

我欲言又止，我的夥伴能幹什麼，他們除了尋找漂亮女孩子外還能幹什麼，面對小姐我沒辦法說明。

可是她笑顏逐開：「你的夥伴已經返回去了，現在就差你了，你也趕緊回吧……」

我吃驚：「你說什麼？我的夥伴你認識？他們怎能認識你呢？」

小姐笑著說明原委。

原來，我的夥伴擔心我不放他們尋找漂亮女孩子，於是他們串通一氣請小姐幫助，只要能阻止我在他們忙碌完後找不到他們就行了。現在，小姐的任務完成了，而我的任務剛剛開始，我懷疑。

又是不明白，夥伴們這是為什麼，為什麼偏偏這樣啊？

「這麼說你知道這事真相，故意演給我看的？」我對小姐怒吼著，「你知道這是什麼行為嗎？是騙子行為，是犯罪！」我終於歇斯底里叫喊了。

小姐一個勁道歉：「對不起，是我不對，有事你批評我吧。」

我無奈，又問：「蒙面人是誰？」

小姐如實地說：「他就是我的老闆，你想為了讓你相信這是真的，我們能不表演得真實嗎？」

我又問：「那個員警呢？也是假的嗎？」

小姐搖頭：「不是，他是真員警，是我的未婚夫。為了防範，所以我提前打電話讓他在這裏等待，目的就是預防你犯罪。」

我一聽真是惱怒，氣急敗壞叫喊：「哪有你們這樣的人啊？就是為了賺我幾個錢居然幹出這種喪天害理的事？」

小姐說：「這也怪不得我們，是你們的夥伴要求這樣做的。如果我做得不好，他們還要扣我錢呢？你說我不這樣做能行嗎？」

原來，這裏面有這些亂七八糟的陰謀詭計，我平時對這些夥伴關心倍至，沒想到他們為了做這些下流的事，居然隱瞞我搞陰謀詭計，真他媽下賤。

夜晚的燈光有些陰暗，看不清小姐的臉色，可是我似乎看見自己的臉皮很難看。我與夥伴平時兄弟長兄弟短的，他們家長也再三囑咐我出門多照顧他們，誰知道我照顧他們了他們卻不照顧我，而且還對付我，對我下如此陰險的招術，真是豈有此理。

也許是氣的，我一時沒說話，面對小姐沉默著。小姐看著我有些心慌，此時她也不知說什麼好。

事情到了這一步，彼此都有些不好意思。

月光在悄悄上升了，起初只有一片月光，漸漸就是整個世界都有月光。在嶄新月光下，寂靜的氣氛開始有了生機，我握著拳頭，真想打人，可是我打誰呢？打小姐嗎？她是一個女孩子，我知道我的一拳打出去肯定能叫她鼻青臉腫，可是能打嗎？我緊緊握著拳頭，渾身在顫動，這個時候，在這樣地方，尤其是在小姐面前，我真的無能為力，恨不得自己打自己。

寂靜，寂靜，終於我控制不住自己，我開始罵人了：「真是一群王八蛋……」

我憤怒至極，是呀，哪有這樣的人，明明做錯了事又不肯改正，明明是他們想幹什麼，卻偏偏阻止我。我越來越憤怒，越來越想發洩了，握緊的新頭想打出去。此刻，空氣中充滿憤怒的氣味，彷彿是汽油灑地，只要稍稍有點火星就會點燃……

見我怒髮衝冠，小姐知道委屈了我，她勸告：「別發火了，都怪你的夥伴他們也是為了……」

我憤怒，無語，臉皮在月光下扭曲著。

小姐看了看我，再次勸告：「還是回去吧，都是夥伴，都是朋友們，我送你。」小姐再次發動轎車。

看著她熟練的技巧，我情不自禁問她：「你沒喝多？裝醉？是嗎？」

小姐點頭：「在這個世界上我怎能如此放浪呢？如果我不裝醉，你能相信我嗎？能幫助我配合我演出這場戲嗎？」

此時此刻，我真的是憤怒至極，再次罵著夥伴。可是有一個問題我又問小姐：「你的未婚夫手上的槍是怎麼回事？」

小姐解釋：「他是員警，不敢拿真槍對著百姓，所以拿來兒童手槍。」

「你們這些人到底想幹什麼？真是他媽混蛋……」我揮著拳頭怒罵著。

這時我只有歇斯底里叫喊著，罵著。

可是罵也沒用，小姐還是把我拉到轎車裏，將轎車開到我曾住的賓館，笑容可掬地說：「下車吧，你到家了。」

面對小姐，我真的是無話可說。我能說什麼，一切都是我的夥伴的錯。

我朝小姐擺了擺手，勸告：「以後這事你也少做，缺德呀。」

小姐看著我忽然喊著：「對不起呀，忘記這一段故事吧，忘了我吧。」

我也擺手，眼裏不知為什麼湧現一絲淚水，此時此刻我真想哭。

小姐勸我：「你別委屈了，現在就是這樣，你再好再乾淨也沒用，也阻止不了他們想做一做的心，你保重吧，我走了。」

小姐駕駛轎車奔馳而去，剩下我不知所措。

我想說還需要再見面嗎？與此同時，賓館的門開了，我的夥伴齊齊地站在我眼前，他們一個勁朝我叫喊：「歡迎大哥回來，歡迎大哥回來。」

我恨不得吃了他們，揮拳就打，可是他們紛紛都逃走了，於是我又憤憤地罵：「歡迎個屁呀，不就是你們搞的鬼嗎？你們願意找小姐隨便找好了，幹什麼要拉我去表演呀？我有這樣難搞嗎？」

夥伴們知道自己錯了，一齊哈哈笑著，接下來他們告訴我是如何搞的這個陰謀，又是誰出的點子，聽得我目瞪口呆，原來人與人之間還有這些亂七八糟的陰謀。

這個晚上，我流了一夜的淚水，委屈得直罵人。第二天早晨起床後，夥伴們駕駛大卡車興奮地朝家返，可我心安理得躲在大卡車裏睡覺。我知道他們已經不是他們了，夥伴也不是夥伴了，我也不是我了，一切都在秘密中進行著。

今天是星期六

今天是星期六，青梅要到鄉下看姥姥，她不明白姥姥為什麼一直住在鄉下不進城。從小到大她一直想方設法問姥姥這是為什麼，可是姥姥就是不肯告訴她。多少年過去了青梅也沒有明白這是為什麼，直到今天她似乎明白了這是為什麼。

原來姥姥的心就在鄉下，那裏是姥姥的世界，可是姥姥為什麼獨自守護這裏呢？其中原因到底又是為什麼？青梅真的想知道姥姥過去時的生活，同時她也覺得姥姥的生活肯定與自己有關。於是吃過早飯後，青梅就決定到鄉下去找姥姥。她知道姥姥不一定說清楚，但為了見到姥姥時問個清楚她還是早早打車在門前等候。當她認為一切準備穩妥時，這才乘車來到了鄉下。

看見路途有許多新增添的景色她的心情好了許多，與司機談笑風生，時間就在歡笑中度過。車到了目的地，她在姥姥的房前屋後留戀地四下望了望，房子和從前沒啥兩樣，只是破舊些。也許這是她最後一次來看姥姥，她動情地喊了一聲：「姥姥，我回來了！」

此刻，陽光燦爛地照耀，屋子裏忽然沒了動靜。青梅奇怪，每次她從城裏來看姥姥，只要她喊一聲，姥姥聽見後馬上會從屋子裏跑出來，迅速地打開那扇小柴門，歡天喜地迎接她這個不速之客。然而今天例外。院子裏靜靜的，青梅喊了半天也不見姥姥來開門。又喊，青梅這才聽見屋子裏有人輕輕地問了一聲：「誰呀！」

「是我！姥姥，是你的青梅回來了。」

青梅情不自禁大聲地說著，這時她恨不得三步並為兩步跑進院子與姥姥擁抱。然而，沒有，她叫了許久，也不見姥姥出來。又叫，這回姥姥聽見了。

片刻，裏屋的門開了，一個拄棍的老太婆蹣跚地走出來，她一見青梅淚水就流了下來，急切地說：「是我的青梅回來了嗎？快進屋！快！」

「是我回來了，是你的青梅回來了。」青梅激動地這樣重複說著。

每次回來看見姥姥的滿頭銀髮青梅的心裏都酸酸的，她發現姥姥老了。姥姥的頭髮全白不說，背略還有些駝，走一步十分吃力，甚至連聽力都不好了，嚇得她不敢來了，她怕來一次姥姥老一次。這是多麼殘酷的事啊？

青梅心思重重，不來又怕姥姥挑理，她是姥姥唯一的親人了，不論發生什麼事她也是應當來看姥姥的。本來她可以過幾天再來，可是她似乎等不了了。今天是星期六，是一個值得紀念的日子，不論發生了什麼事，不論工作多忙，即使再忙再怕什麼她也得來，因為這裏不僅有她的親姥姥，也有她永遠忘不掉的初戀。

「姥姥，我要到外省去工作了，此一去不知什麼時候再回來了。」

青梅不等進屋就迫不及待對姥姥說了實情，說完又後悔她怕姥姥受不了，她不想讓已到風燭殘年的姥姥再為自己擔心。可是她哪裏知道姥姥還是為她擔心，這是人世間最偉大的親情，能不擔心嗎？

「不想回來了是嗎？」姥姥拄著棍站在門旁，喘著粗氣問青梅。

「是的，姥姥，我不想回來了，聽說來回一趟火車飛機的費用最少也要一兩萬元，我消費不起呀！」青梅邊說邊苦笑，臉上呈現出痛楚表情。

她這時想對姥姥說明實際情況，又擔心姥姥由此受到傷害，畢竟她已經是風燭殘年的老人了，能少說點就少說點，能讓她安心多活幾年就已經是青梅的福氣了。青梅這樣想著也這樣說著，她心裏還有一種思索，還需要安慰。

「是呀是呀，不回來好！你在這裏受了委屈可以不回來，可你不想姥姥嗎？不想這個生你養你的地方嗎？」

姥姥不看青梅，移動雙腿緩緩走著，一絲如風般的語言輕輕送過來。她知道青梅內心的苦惱，就盡可能開導著青梅，讓青梅在不知不覺中受教育。

然而，青梅心煩意亂，她不知如何跟姥姥說明自己為什麼調動工作，為什麼非要調到外省工作不可。

青梅不說話，沉默。片刻，青梅說：「我怕自己想不開，萬一出點啥事讓姥姥後悔。」

青梅欲言又止，這時她似乎有千言萬語想對姥姥說，可她還是不說了。青梅不想讓姥姥知道得太多，看不見姥姥時她想對姥姥說長道短，可是真見到了姥姥她又不想說了，畢竟姥姥年齡太大了，青梅擔心姥姥愛不了這樣的打擊。然而，走進屋子後，姥姥的話讓青梅十分意外。

「睹物思人，痛斷肝腸。人生往事，愛情深重。既能使人振奮，也能使人哀歎。你走吧，姥姥支持你！人挪活，樹挪死，到了新地方會變化的。」

姥姥比青梅預料的堅強，她懂得青梅的心思，如果強留她萬一真出意外後悔都來不及。於是，姥姥拽過來一盆蘋果，對青梅說：「你嚐嚐，剛剛摘的，水氣足著呢。」

青梅並不客氣，她隨手抓過一個蘋果就啃，她這才知道剛才姥姥為什麼沒有出來，原來是姥姥在屋子裏收藏蘋果。現在看見青梅來看自己，姥姥高興地盤腿坐在炕上，拉著青梅聽她談到外省的打算。青梅就簡明扼要說了自己為什麼需要到外省去，為什麼不在本地求發展，最後才惋惜地說了自己離開這裏後有些不放心姥姥。

時間在一分一秒的流失了，青梅跟姥姥的話題還沒有結束的意思，兩人似乎有永遠嘮不完的話題。

這時候，青梅想方設法地談工作盡可能讓姥姥放心，可是她說來說去還是離不開姥姥的身體，囑咐最多的還是希望姥姥注意自己。最後，還是姥姥提醒青梅：「行了，咱倆就嘮到這裏，抽空你還是去看看大河吧！」

姥姥說完這些話時分明看到青梅的頭低了一下，臉微微泛紅。姥姥說的大河就是村西的情人河，青梅的初戀就是從這條河開始的，這也是青梅為什麼經常回來看姥姥的主要原因。現在姥姥提醒青梅，也讓青梅心潮澎湃，她對姥姥說：「這是最後一次了，以後再也不會有這樣的機會了。」

姥姥敏感地問：「為什麼這樣說？難道這次回來是向姥姥道別的？」

青梅點了點頭。

姥姥望著青梅嚴肅的臉不再說什麼，默默地從炕上下來為青梅準備燒紙和一些上墳的用品。為了表示自己的思念之情，懷念過去歲月，青梅揣了幾張燒紙，又帶了火柴，然後告訴姥姥她要出去一會兒，人就不見了。

姥姥想說什麼，抬頭時這才發現屋內空空，只有桌子上啃剩的蘋果在瞪著眼睛。姥姥自嘲地笑了，這丫頭還是這麼毛愣。

青梅要去的情人河，似乎是她的一個歸宿，這裏有她的夢想，也有她的愛。情人河離姥姥家不算遠，大概走十來分鐘，青梅就看見了一汪銀亮的世界，她的心一下就懸了起來。

十年了，每當她看見這河時心裏都激動，恨不得一個猛子紮下去再也不肯鑽出來。然而十年的相思淚幾乎注滿了這條河，也讓青梅為此付出了巨大代價。至今她不明白，洪水為什麼如此殘忍如此無情，山洪為什麼偏偏在她和心愛的戀人過河時突然暴發，早一些或晚一些不行嗎？為什麼偏偏在她和他下水時來脾氣？為什麼害得她與他生死難忘。

這一別就是十年，活不見人，死不見屍，為此她四處打探，依然杳無音訊。她恨蒼天無情，恨洪水殘忍，更恨命運多舛，讓她五內俱焚，痛心不已。

現在面對奔騰的河水，青梅實在控制不住自己悲傷的情緒，連續奔跑著，直到跑到河邊為止。她在岸畔站了一會兒，往事湧現心頭，她的淚水就流了下來。人世間最大的思念讓她獲取了，好久好久她才找了一個淺灘，在地上畫了一個圈子，在圈子裏面畫了一個十字，然後跪在地上點燃燒紙，以此對戀人的祭奠。

青梅用棍拔燒紙，一面思索，不知地下的他是否有知，自己已盡到了一個戀人的責任，盡到了妻子的責任，盡到了一個女人的責任。她活著想念死去的他，死去的他會想到活著的她嗎？他會想到她現在的痛苦嗎？

河風很涼很涼，青梅的心很酸很沉，渾身經不住涼風的吹撫，她禁不住地打個冷顫。幾片燒紙不一會兒就化為灰燼，她起身遙望，多情的雙眼注視河面，迎風佇立。

她和戀人從小就在這條河裏長大，對愛情有至深的依戀，現在突然要離開這裏，再也看不見這條河，再也看不見心上人，她心裏有一種複雜的滋味萬箭穿心般的難以忍受。

在青梅看來，世上什麼痛苦她都可以忍受，唯有這相思之苦她無法忍受。相思，能讓一個健康的人一夜垮掉，能把一個好端端的人想死，能把一個樂觀的人想瘋，也能把事業有成的人想得頹廢。此刻，十年相思之苦，懷念之苦，早已把青梅的心折騰碎了，幾乎到了無法收拾，到了崩潰的邊緣。現階段，她再也經不住相思的打擊，經不住愛的摧殘，她幾乎就要完蛋了。所以為了避開可怕的相思，青梅想換個生存環境，換一個使她新生的地方。

遙望滾滾奔流的河水，她想著傷心往事，淚流滿面。

青梅在河畔走著，這時她的心情非常複雜。想走，又捨不得這地方；不走，看到這裏的一切，她心裏又非常難受。這裏有活著的姥姥，這裏有看不見的愛人，這裏還有她的夢想，如今這一切都要放棄這對她來說似乎有些太殘酷了。然而，不這樣行嗎？看見這裏她痛苦，看不見這裏她又想來，她就這樣陷入了一種進退兩難的地步。

她不明白生活為什麼對自己如此苛刻？為什麼不給她留一點思索的時間？為什麼那麼多年輕人都有自己的愛人，唯獨她失去了人世間最大的幸福？這是為什麼？為什麼？

在此一瞬間，青梅哭了，她不得不哭，面對如此殘酷的事實再堅硬的她也是挺不住這種悲痛的。眼裏流著淚水，心裏淌著血液，青梅默默忍受著精神上的痛苦和折磨。

河水嘩嘩淌著，載著她的思念，載著她的小船，載著她深思熟慮的決定，悄悄地走了，沒有聲響，沒有動靜，沒有聲張，無動於衷地走了，留給她的是一望無際的銀白世界。

陽光在傾斜，時間在改變，在地泛起一種濃厚的綠色。站得太久了，青梅已經失去知覺，眼前的河流使她忘記了一切。

不知過了多長時間，青梅忽然感到有人拽自己的胳膊，她回頭一看，原來是姥姥拄著棍來找自己。看見姥姥的白髮在陽光下閃閃發亮，青梅更加忍不住內心的悲痛，叫了一聲：「姥姥……」就泣不成聲。

這一叫讓姥姥心裏難受，這一叫讓姥姥感到萬箭穿心，同時這一叫也讓姥姥更加堅強地勸著青梅：「孩子你別哭，有話回家裏說，有什麼委屈姥姥替你做主。再說了這也不是你的性格啊？你以前不是這樣軟弱，不是這樣一說話就流淚水的小姑娘啊？告訴姥姥是誰欺騙了你，是誰把你害成這個樣子？讓姥姥替你出一口惡氣！」

「沒有人欺騙我，也沒有人讓我高興，姥姥你說我怎麼這樣命苦啊？好事得不到壞事為什麼總是我啊？」青梅撲在姥姥懷裏痛心疾首。

如果不是姥姥前來相勸，青梅不知自己還需要站多久，一看見這河她就萬分傷心，恨不得一頭栽入河裏與戀人同在。幸而姥姥察出了青梅的心思急急趕來，死勁拽著青梅的胳膊，迫使她一步三回頭離開了。

青梅跟姥姥回到家，一進門她就聞到一股迷人的菜香味，她看到在一張方桌上擺滿了菜肴，都是她喜歡吃的。每次來，姥姥都以這樣方式高興地為她張羅，為她準備一桌子好吃的。尤其是想到今天是星期六，也是她最後一次來姥姥家，她更是心痛，慌忙從坤包裏掏出一捆錢來。這是她積攢十年的嫁妝錢，從今往後她不再需要，乾脆留給姥姥養老吧。

可是姥姥不肯要青梅的錢，姥姥說：「這些錢帶在路上用，到了新地方要用很多錢。姥姥這裏你放心，有政府救濟。」

姥姥把錢推還給青梅，歷數這些年政府對她的照顧。

青梅聽了心生感慨，又把錢推給姥姥，並說：「這錢我真的不需要，就讓我放在這裏多少有個念想。」

這時的青梅心情很低落，沒有戀人她對世界失去了信心自己要這麼多錢又有啥用？

「好吧，就讓姥姥替你保存，什麼時侯用就來封信，姥給你寄去。」姥姥見青梅執意留錢就收下了。

十年了，姥姥第一次看見青梅如此灰頽，如此心灰意冷。姥姥本想再勸幾句，但話到嘴邊，千言萬語匯成一句話：「想開些，一切都會好的！」

「沒有他的日子我能好嗎？從小到大都與他形影不離，現在他忽然消失了這讓我怎麼處理？沒有他的生活讓我怎麼過？」青梅終於忍不住了，說出了壓在自己心上多年的傷痛。

此刻她淚雨滂沱，剛剛壓下去的痛苦又浮上來。

「你不要太悲觀，想開些，興許當你出門的時候他就會站在你跟前。年輕人要往遠看，幸福總會從天而降……」

姥姥到底是久經霜雨，說出的話像重錘似的句句都敲在青梅的心上，青梅的情緒略有好轉。然而，姥姥還是不放心，她靜靜觀察了青梅好久，唯恐她再有什麼樣的變動。

姥姥又說：「你別看自己有了困難，其實你的困難與其他人比起來不算什麼，人這一生需要經過幾次大起大落，你我才經歷幾次這樣的大起大落呀？你成天想著十年的痛苦，為什麼不想一想十年的收穫？為什麼不想一想明天的美好？你現在的生活實際上就是醉生夢死，是活著的木乃伊。」

姥姥的話讓青梅受教，簡直是觸目驚心。為了讓姥姥放心，青梅勉強嚼了幾口她愛吃的幾樣小菜。

姥姥剛才說的話讓青梅開竅，受了教和啟發，她突然覺得自己還很年輕，覺得人生的路還很長，她必須走下去，活下去，直等到她和他見面的那一天。可是這樣的奇蹟能發生嗎？青梅從來不幻想，她認為洪水沖走了自己心上戀人，也沖走了自己的幸福。除非在另一個世界，兩人還會見面，否則一切都是夢。

「姥姥你說人死了還能復活嗎？還能在另一個世界見面嗎？」青梅忽然莫名其妙地問著姥姥，她這時的心態極其苦悶，已經到了崩潰的邊緣。

姥姥聽了心中震撼，這孩子已經到了不可挽留的地步，下一步她想幹什麼由她好了。然而，姥姥還是藉機想開導她，讓她知道人世間最大的困難是什麼。

姥姥斬釘截鐵地告訴青梅：「人死是不可復活的，你要相信緣分，男女之間是有緣分的，既然你找不到他的屍體，就說明他還活在世上，你應該耐心等待，等到這個美麗的緣分。」

姥姥又說了許多安慰的話，以她自己一生經驗填補青梅空虛的心靈。

青梅傾聽著，思索著，回味著，她覺得姥姥今天的話讓她茅塞頓開。又談了很久，終於到了要走的時候，青梅才漸漸領會了姥姥的良苦用心，姥姥是在用一生力量支撐自己的精神。想到此，青梅啥都明白了，姥姥為什麼如此執著地在這地區生活了一輩子，其實她就是用她一生的愛心來滋補對人世間的懷念。

青梅恍然大悟後她決定幫姥姥幹點活，收拾一下堆放在房前房後亂七八糟的雜物，直到日落西山她才依依不捨告別姥姥。

就在青梅精神振奮推開柴門往外走的一剎那，她迎面與一個中年男人撞個滿懷。

誰能在這時來這裏？青梅愣了，呆呆地注視來人。猛然，在她的記憶深處忽然湧出一個人的名字。這不是竹馬嗎？這不是青梅盼了十年，思念了十年的戀人嗎？青梅的眸子亮了，她由驚到喜，由喜到悲，最後哽咽地問：「是你嗎是我的竹馬嗎？」

「是我！」中年男人深情而有力地回答。

來人果然是十年前的竹馬，身體比以前粗壯多了，他看了看青梅，淚水在眼睛裏旋轉。好久好久他才醒悟，這才想起那些酸心的往事，他異常痛楚地說：「我被洪水捲走後就昏了過去，後來很快被人救起並送到醫院，從此我昏迷不醒成了植物人。不久前我忽然醒來，想起今天是星期六，是我們約會的日子，於是我就趕來了。」

竹馬說著，伸出雙臂使勁擁抱了青梅。

「我以為這輩子再也看不見你了……」青梅悲喜交加，撲上去，摟住竹馬的脖頸子，像孩子一樣委屈地哭了。

拂曉發水

李鄉長來到空心村通知汛情時，在村部找不到村幹部，李鄉長心裏著急就用廣播電臺咳著嗓子叫喊：「空心村民請注意，空心村民請注意，現在有重要廣播，現在有重要廣播。根據市防汛指揮部通知明晨拂曉將有洪水發生，明晨拂曉將有洪水發生。空心村民請注意……」

這下糟了，李鄉長的通知將空心村的人煽動起來了，他們一個個驚惶失措。有的人從家裏跑到街頭，一時怔在家裏不知如何是好。

有人把此事告訴村長時，村長正在村子裏的水庫堤壩上進行防汛檢查，同行的水文站長一聽馬上叫罵起來：「這是誰他媽吃飽了撐的把機密洩露了？老子回去非宰了他不可！」

水文站長罵著罵著忽然感到失控，他意識到自己一個小小水文站長能把誰怎麼樣，所以下半截的話他嚥了回去。

村長問是誰在亂用喇叭，來人趕緊說是鄉長在下通知。

村長瞅了一眼水文站長，想了想，就讓來人回去準備防汛。

來人不相信，說：「這消息不可靠，也不可能，總這樣窮折騰是勞民傷財。」

水文站長說：「這事我比你清楚，今年汛情不同往年，要有抗大汛防大災的準備，具體細節上面不讓說。」

村長不滿地說：「有什麼不讓說的？不就是發大水了注意安全，不讓一個人死亡，不讓一個人受傷，他們都不傷專傷我，誰讓我是村長呢？」村長發起了牢騷。

水文站長解釋說：「話可不能這樣講，現在市裏上下都有人在抓抗洪搶險。如果沒有上級指示，我們水文站也不敢隨便叫喊，只要上面一聲令下，我們水文站就會隨時隨地跟隨著，明白嗎？」

有了村長這些話，來人信以為真匆忙走了。沒有人在場時，村長就罵鄉長缺德，在這節骨眼兒上給他捅出這麼大的簍子，這不是攪亂人心嗎？

其實剛才鄉長的通知，村長和水文站長都聽見了，他們都知道這是鄉長的聲音，可是他們還是裝著什麼也不知道，因為他們還需要保持安居樂業。

這地方緊靠水庫，年年月月都有防汛的消息，但年年月月都有領導來這裏檢查防汛工作，然而年年月月什麼事也沒有，什麼事也沒有發生，而且這裏成了一個防汛先進集體。眼下出現幾次雨水不過是一些正常情況，當務之急是穩定人心。

其實關於防汛的事，早在春打六九頭時節，村長就聽水文站長跟他說過有幾家村民拆毀堤壩上的石頭。村長不相信，因為水難當頭空心村的人還是有覺悟的。但他今天與水文站長特意來到堤壩上一看，這才發現問題的嚴重。

空心村是一個小山溝，地勢低窪，雖然周圍有高山阻擋卻阻擋不了洪峰的衝擊，稍稍有一點洪水就有可能衝破這些堤壩，多年的防護林也將被沖得稀爛。

自從建成這座水庫，空心村從此幾十年沒有發過洪水，風調雨順，五穀豐登。然而，今年不同，連續幾天幾夜下大雨，又是幾天幾夜大雨，水庫的水位驟然上升到了警戒線。如果連續上漲，水庫就得開閘放水，不僅堤壩保不住，空心村也將成為一片汪洋，四面八方的城區隨時隨地都有被淹沒的危險。

知道了這些情況後，村長這才與水文站長不敢怠慢來到了現場。這時侯，別說他是村長，不是村長他也是要來這裏的，一個共產黨員與普通百姓是不一樣的，即使是一個普通百姓，他也是一個有良心的人，他總不能眼看著堤壩被沖毀，看著鄉親們的房屋被沖毀，如果這樣他還算是人嗎？

村長就這樣邊走邊尋思，當他來到溢洪道附近忽然站下了，他舉目四望，發現空心村水庫已經是一片汪洋，洪水以每小時幾百米的速度往這裏湧來。

眼看山美水美的錦繡河山就要名存實亡，村長心有餘悸。過去他經常陪同一些文學家來這裏吟詩作畫，甚至心情好時他也要作幾首詩，雖然作不出幾句，只不過啊啊幾聲表達一下罷了，往往這時就要引來水文站長的嘲笑。

現在村長不笑了，因為他親眼看見有幾個人在撬堤壩上的石頭，村長的臉十分難堪，怒吼著：「媽個×的，你們真是膽大妄為呀？是誰給你們的權力？」

村長邊罵邊往堤壩上走，為首的果然是他親戚二虎，已經將堤壩撬得大洞小眼的，破落得如同亂七八糟的彈藥坑。

村長見此心疼得罵得更歡了：「你們這樣做簡直是無法無天了！說吧，是誰讓你們這樣幹的？

說不清我，我要處理你們！我要開會批判你們！」

村長發著火卻沒有人聽他的。

二虎幸災樂禍地說：「山也分了，地也分了，土地承包到戶，你還來找我們幹什麼？再說了村子裏已經把地都分給了別人，這堤壩的石頭也是應當平均分配，我撬幾塊石頭算什麼，有人成卡車拉石頭也沒人管，誰把他們怎麼樣了？就算我們這是預支還不行嗎？」二虎握著撬槓故意用話刺激村長。

他的態度讓水文站長不讓了，他高聲叫喊：「放屁，山分了，地分了，那是國家承包，人有自主權。問題是這天在下雨，眼看大水就要下來了你們還要這樣搞，你們是不是不想活了？大水眼看就要衝破家門了，家家危在旦夕處於危險地段，趕緊把堤壩給我堵上，否則我要用水利法治你們破壞堤壩罪。聽見沒有？趕緊給我填上，填！」

這最後一個字嚇得二虎幾個人全愣了，他悄悄拉了拉村長的衣服輕聲地問：「真有他說的那樣嚴重？我這可是為你好啊。」

村長一聽，這不整到自己頭上了嗎？當著水文站長的面他又不好發火，於是他輕聲說：「哪有你們這樣幹的？這不是往我臉上扣屎盆子嗎？你們是不是看我這村長容易當？」

二虎搖晃著腦袋說：「不是，我們看別人弄也想弄幾塊，不讓弄就拉倒唄。」

二虎躲開了，村長看了看水文站長，忽然又高聲地叫罵著：「媽的，你們找死呀？大水馬上就要下來了，你們還在這裏裝腔作勢撬石頭，沒了村子我看你們還裝雞巴毛？」

村長一罵，二虎嚇得目瞪口呆，半響才恍然大悟，手一揮對那些還在幹活的人叫喊著：「你們都扔掉吧，沒有石頭不要緊可是沒有水恐怕不行還是顧水要緊。」

其他幾個人三下五除二就把石頭從車上卸了下來，然後又帶頭將挖過的地方重新填平砸實。

水文站長見此表示說：「你們幾位聽著，如果堤壩在這裏決口子，休怪我不講情面國法難容，還不趕緊滾蛋！」

二虎等人這才跌跌撞撞朝遠處跑去。

人走盡後，村長埋怨水文站長太過份，缺少人情味。

水文站長告訴他去年旬省發大水，有人就是這樣趁機取石頭被當場擊斃。

村長聽此這才認識到汛情的嚴重性，他認真檢查著堤壩上的情況，防止漏洞發生。然而查看結果令他大失所望，堤壩上大大小小有十幾個漏洞，絕大多數是人為挖掘的，顯而易見這是村民們用石頭蓋了房子。

水文站長嚴正聲明這與水文站無關，請村長馬上組織力量搶修，否則將要出現更大的危險。

村長氣哼哼答應著，心裏卻嫌水文站長囉嗦，類似這現象他年年遇到卻從未發生過危險。水文站長說幾遍了，村長耳根子仍舊發軟，怪水文站長挑剔太多影響了團結，可是他也不好反駁，只有心不在焉胡亂應付。

水文站長知道村長不把自己放在眼裏，但還是耐人尋味地介紹汛情，囑咐村長千萬不要小看此事，萬一出現了漏洞後果不堪設想。水文站長說完離開堤壩到其他地方檢查水利設施去了。

村長望著水文站長消瘦的面孔和背影，嘴角浮現出一絲不易被人查覺的冷笑，然後往家走去。

空心村的人都知道村長是村子裏最戀家的男人了，每天回家，媳婦桂花都要給他燙一壺白酒，今天也不例外。村長與高采烈唱著小曲，然而當他到家時，雨跟著屁股下來了，村長的心馬上就變了，這時下雨意味著什麼他心裏明白。

進了屋子，媳婦桂花和八歲的女兒鈴坐在桌子旁等待他吃飯，看母子倆的樣子好像等待挺長時間了。村長也不吭聲，他就是這種狗脾氣，在外面野習慣了，回到家拿老婆孩子撒氣，板皮似的往炕上一倒就挺了屍。

桂花見丈夫愁眉不展就知道他在外面碰上了煩瑣事，十幾年的夫妻生活她早對丈夫這一套習慣了，她瞭解丈夫的秉性，不論遇到什麼樣天大的事他都不會對她們說。然而，村長不說話，桂花也不敢問。

桂花從櫃子裏拿來一瓶好酒對村長說：「這是好酒，你不喝幾盅？」

誰知村長忍無可忍叫喊著：「什麼時侯了你還給我灌貓尿？沒聽說大水馬上就要下來了嗎？」

這時女兒鈴說話了：「爸爸，學校已經放假了，老師說抗洪搶險人人有責，讓我們學生回家幫助參加搶險。」

村長一聽更是火冒三丈，這哪裏是參加搶險分明是甩包袱，於是村長憤憤地問著：「學校聽誰的通知這樣大的事為什麼不向我打招呼？他們眼裏還有我這村長嗎？明年的教育經費還想不想要？」

桂花見丈夫真生氣了就上前勸著：「少說一句吧，當務之急是抗洪搶險，來吃飯。」村長翻了翻眼皮想發火，可是他找不到話茬，只好乾張嘴發不出聲音，氣得他抓過酒瓶子咬開蓋嘟嘟嘟喝著。

桂花招呼女兒吃飯不敢再說，然而飯菜上桌還沒吃幾口，村子裏就來人了，說鄉長通知村長馬上到村部開會。村長放下碗筷，抿了幾下嘴，便隨來人走了。

路上村長見人就打聽都有哪些撬了堤壩上的石頭，三問兩問就走了好幾家，又折騰了十幾分鐘基本搞清楚了。村長罵了一陣後這才大步流星朝村裏趕。

當村長到了村部時，鄉長正召開會議，見村長來了就說：「這幾天氣溫反常，春天旱災夏天澇災，都說閏八月有災果然如此，今天把大家召集起來目的就是統一思想。」

這時村長聽明白了，他藉口發起了牢騷：「幾十年不發水了，空心村的人都沒見過什麼叫發大水。我說呀，應當發一場洪水，教育一下後代人什麼叫發大水，讓他們知道什麼叫水災？」

鄉長聽了心裏有些不愉快，對村長的話十分不滿意，他將手裏的一份文件塞給村長並批評說：「你腦子太舊了，你看看這份文件，上面的汛情十分危急相當嚴重。我擔心你們這村裏的水庫，這可是重點部位，如果出現問題，不僅我的烏紗帽難保，你們村幹部也是要蹲巴蘺子。」

鄉長的話裏明顯有一種嚇唬人的味道，讓在座的村委幹部心驚肉跳。迫在眉睫的防汛不能不提出來，鄉長是向上打了保票的。

村長心裏明白，他不動聲色地看了看文件，對鄉長說：「我剛巧從堤壩上下來保證沒事。」

於是，村長趁機彙報了他與水文站長檢查堤壩情況，他壓根沒敢提出二虎他們撬石頭的事，如果提出來，鄉長肯定把他們的皮扒下來。

鄉長表揚了村長的做法，說他表面粗粗拉拉，心還是細的，照此努力，年底評個先進沒有問題。

鄉長的幾句話說得村長心花怒放，腦子飄忽忽的，連村委們都感到了愜意。

不巧的是，這時水文站長闖了進來，見到鄉長就不管三七二十一，放了幾炮。

水文站長說：「你這鄉長是怎麼當的？剛才我和村長到堤壩上檢查時發現有人拆堤壩上的石頭，我問他們是哪個村的，為什麼拆堤壩上的石頭，他們異口同聲回答蓋房子打地基，我和村長不讓他們拆可他們不聽，還說山也分了地也分了這座堤壩也分給個人了，拆幾塊石頭他們也有份，就算他們蓋房子提前預支了，還說這是他們村子裏內部的事。這是哪家的王法？算什麼邏輯？幾十年沒有發大水了，村民們早已經把什麼是洪水忘得一乾二淨，現在有許多村民認為洪水不算什麼，也沒有什麼危險。好吧，真有什麼危險哭都來不及。為此，我提醒鄉長如果不採取緊急措施補救，一旦山洪暴發水庫決裂那後果不堪設想。先沖破你們村幹部家的院落，然後沖破土地和村子，弄不好還可能淹死幾個人，到時再提抗洪搶險眼睛都是直的了。」

水文站長的話如同一顆定時炸彈頃刻間在屋子裏炸響，鄉長驚得目瞪口呆半響說不出話來，屋子裏所有人的表情似乎大水已經來了，甚至連村部馬上就要房倒屋塌。他們都知道這一刻汛情就是最高指示，水文站長的話就是聖旨。

鄉長請水文站長坐下將汛情詳細說明。水文站長並不客氣，連坐他都沒坐，一股氣把危險都說了出來。鄉長和村委們聽後如臨大敵，他們面面相覷沒辦法，唯獨村長悠閒地抽煙，時不時還用眼神觀察鄉長的表情。

村長心明眼亮，他知道鄉長知道有人撬堤壩上的石頭，因為鄉長家蓋房子的地基就是堤壩上的石頭，當時磚瓦匠還說這裏的石頭面平地基穩當，鄉長明知是堤壩上的石頭也沒有阻攔，任磚瓦匠往家搬運，現在想來責任是鄉長的，弄不好把自己扯進去得罪鄉長犯不上。

想到這裏，村長心平氣和地對水文站長說：「以前拆除的石頭就不追根究底了，從今天現在開始，任何人不許動一塊堤壩上的石頭，違反的依法論處，罰款！」

「這是你說的，到時別怪水文站不客氣。」水文站長說完就想走，他覺得今天的會開得挺彆扭。

鄉長也是這樣想法，就站起來拍拍身上的土說：「散會吧。」然後悻悻而去。

村長輕鬆地送走鄉長後，回來拍著桌子咒罵拆堤壩上石頭的人不得好死，是王八蛋，遲早會遭報應。又罵水文站長不安好心總給他村裏捅漏子，讓他村長在鄉長面前丟醜。

水文站長知道自己做得過了火，也不跟村長計較，由著村長罵，因為惹惱了村長，不僅堤壩修不了。拆毀的石頭也收不回來。身為水文站長他深知眼下汛情，現在的關鍵是由村長將風波平息，否則以後的事更加難辦。

村長也是一條犟毛驢，他罵了一陣後，見村委們都不吭聲，自感無聊，不得不與水文站長商量處理拆毀堤壩石頭的人。他問水文站長：「你看這樣行不行，先使勁罰這幾個小子，實在不行再開批判會，狠狠殺殺這股歪風邪氣。尤其是二虎，他依靠他承包了魚塘，手裏有幾個錢就燒，包罰他狗日的，看他知道不知道還有北。」

水文站長深惡痛絕拆毀堤壩石頭的事，但他知道村長與二虎有親戚，於是他說：「罰款也不是辦法，重要的是讓這些人馬上到堤壩上搶險，由村裏出水泥將漏洞堵塞。」

村長一聽馬上應著：「這辦法好，讓他們白出工，就這樣辦。」

村長送走水文站長後，這才佈置村委們下去通知，挨家挨戶把撬石頭的人動員到堤壩上集合，堵塞漏洞。趁機村長鄉長要錢被斥責一番，村長碰了一鼻子灰，重新回到堤壩上大罵這些拆石頭的人，然後監視他們幹活。他知道這些人如果不監視就會出亂子，防汛首當其衝防他們。

整整一夜，村長都是在堤壩上度過的，村委們按照分工各自忙碌著。二虎等人心有餘悸幹著活，雖然他們有意見，但幹活還是認真的，凡是有漏洞的地方都被他們堵嚴了，他們哪裏知道堵塞的漏洞也會出現裂縫的。

為這村長不放心，跟著屁股檢查，二虎便罵村長是二鬼子，村長也不惱，直到他檢查後才放他們回家。然而，村長還是不放心，他派了幾個民兵守在堤壩上，以防不測。

這一夜沒有下雨，他們睡了一個安穩覺，第二天又是一個大晴天，二虎嘲笑村長小題大作，讓水文站長一嚇就尿了褲子，村長也覺得面子上過不去。都說這地區十年發生一次水災，可是十年過去了也不見水災，以後還需要防汛嗎？

村長心裏嘀咕，認為水文站長也是小題大作。然而就在這天深夜，忽然下起了暴風驟雨，雷一個接一個，閃電一道劃一道，雨把天空都下白了，山洪頃刻就下來了。

正在睡夢中的村長被驚醒，他披衣下炕摸著手電筒就要出門。

桂花攔住他勸告著：「下這樣大的雨你去哪裏？你不要命了？」

村長奇怪，平時桂花從來不攔自己，今天是怎麼了，莫非是她怕了不成。

村長怒吼著：「老娘們少管爺們的事，我出去不是搞女人，你別瞎胡鬧。我是上堤壩上檢查去，那些地方不看看我不放心。」

誰知桂花說：「我才不怕你搞女人呢，下這樣大的雨萬一出了事怎麼辦？你讓我咋跟孩子交待呀？」桂花說著說著眼淚就落下來了。

村長見此心軟下來，摟住桂花說：「好媳婦你放心，我去找水文站長。天快亮了，我擔心堤壩上那些漏洞，雖然抹了水泥，但經不住這樣的暴風驟雨，一旦出事，水庫的水位就要危險，不僅村子保不住，連附近的城區也要受淹，到那時後悔就晚了。我是村長又是黨員，你就閃開讓我看看去。」

村長好言相勸，眼淚在眼裏打轉。桂花不再說話默默地將身子貼近丈夫。

村長拍了拍桂花，然後使勁摟了她一下說：「你真是我的好媳婦。」說完，他打開門，一頭衝進雨水中。

豆大的雨水打得地上冒著霧氣，村長深一腳淺一腳在水裏跋涉，這時他意識到危險來臨，他馬上回到屋子對桂花說：「你馬上叫醒孩子到高處去，我看洪水已經下來了。」

桂花不相信，問他：「有這樣快了，是不是再讓孩子睡一會兒？」

村長說：「馬上行動，再晚就來不及了。另外，你馬上叫喊讓鄉親都知道，我上堤壩去了。」

村長這回真走了，桂花慌忙把孩子叫醒，抱著孩子逃出了家門。桂花一邊走一邊叫喊著：「鄉親吶，快起來！洪水下來了！鄉親們吶，快起來！洪水下來了！」

聽見叫喊聲，鄉親們一個個都探出頭來詢問。當他們看見雨水淹了家門時這才恍然大悟，於是他們匆忙收拾東西往高處跑去。

村長見鄉親們都逃了出來，就朝水文站長家走去，水文站長的家就在水文站附近。

村長站在遠處叫喊著：「你家進水沒有？」

水文站長沒在家，他媳婦在屋子裏叫喊著：「沒進水。」

可是當她一開門時，忽然一股水流湧進屋子，嚇得她當時叫喊著：「不好了發大水啦！」

村長告訴她不要慌，趕緊逃到高處去，然後去找水文站長。這時的村長已經意識到問題嚴重了，他三步並作兩步朝堤壩跑去，他想搶在第一時間把這消息通知鄉裏，請鄉長馬上派人來加固堤壩。誰知，當村長來到堤壩上時，他看見這裏已經聚集了一夥人。原來是鄉長在搞會戰。到底是鄉長，年輕氣盛，他總想方設法做出成績。

村長就想埋怨鄉長遇事不通知他，剛巧要罵時卻發現人群中有一個熟悉的身影，原來是市領導前來視察，發現堤壩上有隱患這才急調部隊支援，為這一方保住了平安。

村長什麼話也不敢說了，低頭幹活，但他心裏明白這些人中屬他級別最小，最高級別的人都在這裏幹活，他這最低級別的人還有什麼可說的。那些高官貴人都來這裏幫助他們抗洪搶險，他這一個小小村長還需要講什麼條件？

這時，村長忽然發現水文站長穿梭在幹部中隨時隨地介紹水情，他就感覺不舒服，不大的水讓這小子出盡了風頭。想起昨天發生的事，村長暗暗企求水文站長千萬別把撬石頭的事說出去，如果說了出去等於要了他村長的命。

村長心一急，經雨水一澆，他的胃病又犯了，不得不捂著肚子蹲了下來。他這一蹲便引起許多領導的關心，表揚村長帶病參加抗洪搶險勸他下去休息。可村長心裏明白現在有幾條河都滿了水，再說水庫的水位已經超出了警戒線，如果不馬上溢洪可能就會堤毀人亡。村長說什麼也不顧自己的胃病，猛的一下站起來加入了築壩隊伍。

領導們十分感動，讚頌說空心村又出現了一個好幹部。他們一表揚馬上驚動了記者，一窩蜂上前採訪拍照。村長就在這堤壩上風光了一回。

又幹了一個多小時的活，村長忽然發現胃病不痛了，他便放心地與其他人一塊拚命幹活。

當天漸漸放亮時，雨還在不停地下著。村長想起許多領導還在這裏幹活，慌忙叫來十幾個青年把這些領導換了下去，然後他帶動突擊隊開始緊張搶險。由於他們的努力這個拂曉沒有發水。

也許蒼天有意與空心村的人開玩笑，越是眾志成城時，越是天空晴朗萬里無雲，越是村子裏人手少時，越是緊張得不知所措。一個小水庫如同被誰捅了一個洞，惹得上上下下不得安居樂業，也不知蒼天哪根神經不舒服，害得村裏人不消停。

其實村長心知肚明，現在正是汛期，洪水說來就來，即使是好天氣也是提心吊膽。

然而，村民卻不管這些，見天晴了就開始跑運輸做生意。二虎家的魚塘增添了新魚苗，小日子過得紅紅火火，唯獨村長照常檢查堤壩防止庫水溢出來。

正是三伏天，太陽毒毒地照，村子裏的地皮發乾，人皮也在冒油。村長的心裏再次敲起了小鼓，看來今年內又白忙了，哪裏有什麼水發？防汛防汛，防個鳥汛；搶險搶險，搶個鳥險。村長焦慮起來。

水文站長提醒村長，別看現在天悶氣喘，這不是好預兆，越是天悶，越要注意到防汛。

村長一聽，馬上就開始嘲笑水文站長瞎指揮，也不看看他面前站著的是誰，連續幾天沒發水說明什麼，說明水文站情況不實。

水文站長明知自己有嘴說不清，也不想說，現在他說話幾乎沒人肯聽了。

還有人開玩笑說水文站長防汛防出了毛病，見水就怕，聽見風聲就嚇得渾身發抖。

水文站長知道自己說服不了村長，只好找鄉長做鄉長的工作，可是鄉長也有些不相信水文站長的話，對他半信半疑。

然而，不等鄉長反駁，事實上已經教育了他們。由於雨澆太陽曬，堵塞上的漏洞開焊了，光天化日之下堤壩上再次出現了險情。這讓鄉長深感意外，他問村長：「你沒檢查嗎？」

「我怎能不檢查呢？如果我不查，讓那些記者們知道，我下次還怎麼宣傳？」

村長說的是實話，雖然他聽煩了水文站長的話，但他還是每天都要到堤壩上檢查，所以當鄉長問他時，連想都沒想就說沒問題。

鄉長放心了，請水文站長回家睡一個好覺，然後與村長喝酒去了，他們在一個大酒吧叫了幾個小姐，樂了一下午。

傍晚時，忽然下了一場暴雨，慶幸的是雨下了一個小時就停了。

村長不想再喝了，他與鄉長分別檢查。

當村長歪歪斜斜來到堤壩上照常檢查著時，他發現這裏什麼異常情況也沒有，只有他自己走了幾步就感到有些頭暈，便草草轉了一圈，見沒什麼險情就回家了。

桂花見丈夫喝得這樣子有些埋怨他，村長說這是他的工作，桂花便用頭拱村長的胸溫柔地說：「就你能啊？」於是村長便在桂花的懷裏睡著了，村長在夢裏看見了他站在一艘軍艦上，這時忽然打來一個浪花，原來村長腳下站著的不是軍艦是堤壩，村長一下就嚇醒了。

也許是陰天，村長感到自己那東西總是挺拔。平時陰雨天村長就好與媳婦辦事，現在這樣關鍵他還是忘不了。於是他趕緊把桂花拔醒，桂花睡眼朦朧不情願地由他折騰，兩人就在寂靜中忙於性事。

桂花告訴村長鄉親們都有意見了，說他們防汛是假，擾亂人心是真。

村長一聽怒氣衝天：「我們這樣還不是為了鄉親們嗎？你看看我這幾天哪裏有時間說明一切？再說了這是上面的意見，不是我個人的發明，你告訴鄉親們，不要聽信謠言，要相信村裏，否則發水了後悔都來不及。」

桂花說：「可是外面的人都這樣說，你讓我如何跟他們解釋呢？尤其是二虎他叫得比誰都厲害。」

村長說：「他這人就是這樣，有便宜就上。如果他的魚塘受了損失，我看他還說什麼，哭都來不及。」

夫妻倆就這樣說著，忙碌著。這時已經是下半夜一點鐘了，不知為什麼又下起雨來，而且是電閃雷鳴。村長匆忙做成自己的事，這才爬起來往外走。

村長不放心堤壩，這次他誰也不喊，防汛了十幾天，村裏的人都已經疲憊不堪了，何況這雨未必就是水災。走出家門村長就有些後悔了，怎能不好好抱一抱媳婦呢？他後悔剛才做事時有些太猛讓媳婦直呻吟，這不是一回兩回了，幾乎每回與媳婦辦事他都是這樣如狼似的兇猛。

天黑路滑，雨水過大，村長沿著小路朝前走，不小心摔了兩個跟頭。也許剛才與媳婦辦事過於急切，村長現在覺得有些胃酸過多，腹腔隱隱地疼，不得不捂著肚子朝前走。對於肚子醫生早就讓他去城裏醫院看一看，做一個常規貝餐透視，可他非要等防汛期過了再說。此刻他疼痛難支，發誓明天一定去醫院好好查查。眼下，他只能強忍著朝前查看。

拂曉時分，村長的腹部疼痛加劇，不得不順來路返回。當他來到溢洪道時，忽然聽見了輕微的流水聲。他感到奇怪，為什麼會是這樣？他慌忙用手電筒掃描著，同時加快步子朝前摸索著，終於發現在上次二虎等人撬石頭的地方出現了一個小小的漏洞，那些輕微的水聲就是從這裏發出來的。

不好，壞事了！村長十分驚慌，他在堤壩上轉了十幾圈就是沒有發現這處漏洞，村長恨不得打自己幾個耳光，可是現在殺了自己也沒用，漏洞還是出現了。有漏洞就意味著有水情，有水情就意味著洪災要來了。怎麼辦？村長第一次害怕了。

這時，雨點如同豆子一樣撲撲砸下來，村長怕雨水衝破新抹上去的水泥，彎腰用身體擋住雨水，但洞裏滲透的水更多更快，照此下去用不了幾分鐘這裏就會變成一片汪洋。

村長心裏明白，眼下的危險來自這些鬆動的石頭，他一手舉著電筒，一隻手輕輕按了按那些將要掉下來的石頭，他想試試結實不結實，如果結實，他可以騰出時間叫人或叫水文站長來看一看。

誰知那些石頭已經被水泡得鬆動了，村長剛剛用手一按那些石頭就像子彈一樣被庫水射出好遠，緊接著就見有一道閃亮的水柱噴泉般射出來，那力量一下就把村長手電筒擊落。

糟了，危險來臨，村長本能地撲上去用身體堵塞水柱，但一切都晚了。當他站起來時，水已經沒了他的腰，這時村長才知道自己與媳婦的事辦得不怎麼樣，現在需要力氣可他更是力不從心。

村長不服，仍舊撲上前。然而，不等他再撲上去就被強有力的水柱沖個趔趄。他下意識地張嘴呼喊，可是澎湃的庫水如同一條巨大的龍頭忽然騰空而起，旋轉著，咆嘯著，以極快的速度撲向原野，撲向村莊，撲向房屋，撲向它們應當去的地方。

村長知道自己到了什麼地方，他一個猛子扎入水裏，這時他看清了這裏正是二虎撬石頭的地方。這個該死的二虎坑人真是不淺。村長罵著，仍舊想方設法想趕緊把洞堵上，然而他用勁力氣也是無能為力，他在水裏漸漸力不能支。村長心一橫，將自己的頭伸進洞口。

此刻，閃電驚雷，山崩地嘯，江河溝壑到處是水，大地滔滔，其聲如潮，空心村眨眼間成為一片汪洋。

「發大水了！發大水了！」淒慘的叫喊聲終於打破了空心村寂靜的夜空，這聲音在這寂靜的夜晚格外驚人，聽見聲音的人心都在打著哆嗦。

最先被水聲驚醒的是鄉長，他連續十幾個小時沒有睡覺，夜以繼日工作著，原以為什麼事也不會發生還與人喝酒歡樂，結果就發生了這樣的事。現在他見上半夜雨不大，有的地方已經晴天還能看見幾片雲彩和星星，誰知到了下半夜情況突變。鄉長見人們勞累得精疲力竭，他動了惻隱之心，僅僅派了幾個民兵執班，其他人都讓他打發回家吃飯了，即使執班的民兵他也讓他們回家烤烤火然後再回來，結果就這樣就出事了。下半夜他剛剛到家，蒼天就翻了臉，雷電交加，傾盆大雨朝善良的人們發難。

鄉長顧不了許多了，他推了推媳婦叫喊著：「快起來發水啦！快起來發水啦！」然後向門外走去。就在他一打開門時，一股大水忽地湧進了家門，媳婦當場就嚇得驚叫起來。

鄉長也是不知所措，他一面拉著媳婦趕緊跑向高處，一面朝村子裏叫喊：「鄉親們快起來發大水了！」

站在高處鄉長心裏安穩許多，這時他忽然看見村子裏的人都在搶險，有的人驚惶失措在水裏掙扎，真應了那句話叫孩子哭老婆叫。鄉長於心不忍，這才返回水裏幫助鄉親們逃避。

在這個問題上，鄉長是知道的，上級早就三令五中發生水災時要鎮靜，不允許死亡一個人。如果繼續漲水，這裏不僅房屋受淹，水庫還需要溢洪。到時村莊家園魚塘都保不住，其他的利益更別說了，為這鄉長也要拚命把鄉親們帶到高處組織搶救。

水越漲越高，有的地方已經淹過人的頭頂，有的地方淹了莊稼，有的地方淹了房屋，有的地方已經成為河流。村子裏的人這時才感到村長是對的，他們表現出痛心疾首的樣子，一個老漢望著被洪水衝破的房屋悲傷地叫喊：「蒼天啊，你睜開眼睛瞧一瞧，為什麼專門坑害我們這些善良的老百姓？為什麼專門欺負我們這些老實巴交的莊稼人？」一個大小夥子掄起鐵鍬突然朝天空劈去，叫罵著：「蒼天啊，我操你媽媽的！」還有幾個婦女在叫喊自己的丈夫，她們的家被洪水沖毀，她們的財產也是無影無蹤，接下來讓她們如何生活？

誰也沒有主意，誰也說服不了誰，眼下的洪水讓人們恍然大悟，平時這些現象是看不出來的，只有到了關鍵時刻才能顯而易見。然而，現在說什麼都晚了，不論人們如何叫喊，咒罵，空心村的村民已經泡在水裏了。空心村的土地被沖毀了，空心村的堤壩被衝破了，空心村的房屋被沖塌了。

當鄉長來到這裏時，忽然感到一陣愧疚，如果早聽水文站長的話不至於造成這樣後果，如果早聽上級的指示也不會是如此被動局面。現在說什麼也晚了，當務之急是找到解決的辦法，找到救空心村鄉親們的最好辦法，否則自己可能是空心村最大的歷史罪人。

正當鄉長思索時，忽然他發現腳下的水流來自一個方向，憑經驗，他馬上意識到堤壩決口了。鄉長努力朝遠處望了望，水面平靜，再看自家房屋已經在水中搖晃了，再想回家看看媳婦和孩子已經不可能了。這時，鄉長忽然聽見旁邊有人呼救，他慌忙趟水過去，一看，原來是水文站長的媳婦和孩子。

「你們怎麼在這裏？」鄉長問。

可是女人只是搖頭，鄉長就把母子倆拽到高處。當他抽空回身望著自己家時，房屋已經無影無蹤，媳婦和孩子不知去向，鄉長的眼淚嗆然噴出。

鄉長有生以來第一次遇上這樣大的洪水，他看著鄉親們呼叫連聲的淒慘景象，淚水也是止不住地流淌。他掏出手機想給市裏打電話請求增援，不巧的是手機沒電了，氣得他把手機甩進洪水裏。平時有人對他說這手機在關鍵時刻起作用，可是現在手機不但不起作用反而起了反作用，鄉長惱怒得恨不得打自己幾耳光，他現在是上天無路，入地無門，徹底崩潰了。

然而，水勢並沒有因為有人受災而減少，相反，以每秒鐘幾十米的流速沖刷著歷史記錄。

鄉長一籌莫展，就在這關鍵時侯，村幹部來了幾個，鄉幹部也來了幾個，鄉長就命令他們火速救下婦女和兒童。鄉長想用自己的行為彌補以往的過錯，他自己強忍悲痛爬到高處，把那些還在水中掙扎的鄉親們拽上岸。

空心村的災民一見鄉長哇地哭泣起來，撕心裂肺的叫喊讓鄉長這硬漢子第一次在眾目睽睽下流下了眼淚，一次次說：「太慘太慘了！」

其實這哪裏是太慘了，簡直就是一種最大的懲罰。鄉長面對著空心村的鄉親們心潮難平，有生以來第一次知道了什麼是當官，什麼是為民做主，他感受到自己是失掉了責任，應當受到懲罰。尤其是當他看到二虎跪在人群中和時侯，他的心裏更加激動，如果不是他撬石頭堤壩也不會決口，現在說什麼都晚了。

承包魚塘的二虎損失最大也最嚴重，幾十萬元的投資全毀了，貸款還不上，媳婦要尋死。他跪在地上求饒，鄉親們也過來相勸，然而無濟於事。

迫不得已鄉長走了過來，淚水漣漣地對二虎說：「二虎兄弟，你家裏的事大家一清二楚，你也別太難受。天大的事有政府頂著，只要人還在今後的生活就有希望，眼下是水災重要的是希望還在，應當堅硬強地活下來，有政府有人民還怕沒有財富嗎？放心，有共產黨的飯就不會讓你們一家人餓死的！」

鄉長說著，看了看大家，又說：「鄉親們，你們一定要振奮起來，再困難的洪水我們也會戰勝的，全國水災那麼多，咱們這裏算什麼？空心村還是幸運的。」

鄉長說得沒錯，這次下雨各地都有不同程度的損失，幾個城區都有被水淹的現象，有幾家房屋被水泡倒，雖然沒有一人傷亡，但損失還是巨大的。當雨水停息時，各地救護車和救援的船隻先後趕到，鄉長忙著分配物質。

輪到二虎時，鄉長多給了他一份說：「接受這次教訓吧，如果不是……」

二虎接過食品，跪在媳婦面前發誓：「媳婦請放心，我二虎一定要讓自己富起來，如果過不上好日子，我就與你離婚。」

二虎的媳婦說：「去你的，如果不是，你也不會鬧事，現在後悔了吧？」

洪水退去後，人們找到了村長的屍體，他是夾在兩塊石頭之間。看來他不是上不來，村長的水性極好，在這一帶也是數一數二的，可是他為什麼上不來呢？為什麼被洪水淹沒在石頭縫隙中呢？

水文站長說，村長夾在石洞的地方正是二虎撬石頭的地方，這是這次決口的關鍵之地，大概是村長想彌補一下自己的過失，所以村長才堵洞獻身，可是他的行為換來的代價簡直是太大了。

空心村的鄉親們沒有忘記村長，他們都知道如果不是村長堵塞洞口延緩傾洩時間，這個堤壩早就決口了。他們這些人與空心村早就去了另外一個世界。可惜他們明白太遲了，換來的是巨大代價。然而，在表彰會上，鄉長大談捨己救人的英雄事蹟和村長救人的壯舉，唯獨沒有提二虎撬石頭的事，他怕鄉親們傷心。

列車奇遇

林山一上車就感到氣氛不對，在他看來，這不是旅行，是偵察。實際上他已經在車廂裏觀察了很久，當他從哈爾濱站登車時，心裏就對這次車次有懷疑，不是懷疑車次，而是懷疑車上的旅客。他們來自全世界，哪個人都有作案的可能性，懷疑也是正確的。

三號車廂，有一個中年男人，從外表上看，他也是受過文化教育的。此刻，他正在給一個老大爺翻身，一看就是病情嚴峻的那一種。他們是父子，從哈爾濱站上車，到達深圳，中間可能要轉北京，然後才能直達深圳。可是他們剛剛上車，老大爺病情嚴重，急得中年男人喊隨身醫生。誰知，隨身醫生出去了，恰巧林山來到現場，他見老大爺病情嚴峻，只好幫助尋找醫生。

這時，一個懷裏抱著一隻小狗的漂亮女孩子歡喜地跳到林山跟前，說：「請問，誰病了？」

林山警惕地問：「你是幹什麼的？」

女孩子放下小狗，笑顏逐開地說：「我是醫生啊，你不是找醫生嗎？」

醫生雖然年輕，但能看病也是好事。

林山指著老大爺說：「快給他看看吧，他們從哈爾濱上車就發病了，再晚會發生意外。」

女醫生吃驚：「你怎麼知道他們是從哈爾濱上車的？難道他們不會從其他地方上車嗎？」

這一問把林山問住了，他的確說不清這父子真從哈爾濱上車的證據，一時語塞。

這時，中年男人說話了：「管我們在哪裏上車，是醫生趕緊幫助治病，沒看老爺子受不了嗎？」

女醫生趕緊低頭看老大爺，她發現老大爺沒病，只是著涼，可是她沒有說破。讓她吃驚的是，小狗忽然在老大爺身上跳動不停，這個動作讓女醫生吃驚，也讓林山產生懷疑：「難道他們是一夥的？還是小狗有什麼懷疑之處？」

就在林山與女醫生想掩飾什麼時，又一個女乘務員走了過來，她看了看老大爺後便囑咐中年男人：「病人要看好，出了意外誰負責任？」

車廂恢復平靜，中年男人對女醫生說著感謝的話，對林山沒一點好感。女醫生抱著小狗笑顏逐開離開了，林山仍舊沉靜在旁邊，他還想觀察。與此同時，一個漂亮女孩子輕輕閃進車廂，朝警惕的林山擺了擺手，似是而非地趴在老大爺旁邊。

她是什麼人？為什麼獨自走進這個車廂？

也許被看了病，老大爺臉色有些好轉，他忽然坐起來對著中年男人說：「我想吃飯，坐了一夜車沒吃沒喝的我可受不了……」

中年男人擔心地說：「想吃什麼就吃吧，別吃壞肚子。」

老大爺說：「放心吧，我這肚子是吃不壞的。」

中年男人還想說什麼，見女孩子盯著自己，也不便說長道短。

林山這才注意到老大爺是什麼樣，他與中年男人一點也不像，而且從他們的行為上也看不出父子跡象。更讓林山產生的懷疑的是，老大爺坐起來的一瞬間，林山看見中年男人十分慌亂地用手掩飾老大爺剛剛躺著的地方。林山想，難道他們之間有陰謀？

「你看這樣好不好？我這裏有吃的，先讓老大爺吃，反正我一時半晌也吃不了。」林山拿來自己的包，從裏面掏出幾包吃的東西，這些都是戰友怕他路上餓悄悄放在裏面的。

老大爺推遲著：「我怎能吃你的東西呢？過一會兒你也會餓的。」

林山剛想說什麼，剛剛離開的女乘務員又來了，這回她拿來幾本書詢問：「有買書的嗎？」鋪上的女孩子嘲笑地說：「現在是什麼年月了，誰還有心讀書啊？如果有販賣珠寶的還差不多。」

這句話提醒了女乘務員，她趕緊說：「想珠寶嗎？有，有……」女乘務員一邊說一邊從胸襟裏摸索著。

林山不明白她想幹什麼，警惕地盯著乘務員的動作，看她到底想幹什麼。只見女乘務員變戲法一樣，從懷裏摸索出一包東西，打開一看，原來是金戒指、珠寶，還有各式各樣五彩繽紛的玉石。這些玉石看上去光彩奪目，吸引很多旅客，很快就將女乘務員包圍了。尤其是年輕女孩子，她第一個衝在前面，說什麼也要買幾樣。可是她挑了很多也沒看中一件，乘務員懷疑她是故意搞亂，冷嘲熱諷沒錢就不要買，這是窮光蛋看的珠寶嗎？這是沒錢人看的玉石嗎？三說兩說，兩人就吵架。林山慌忙勸說，最後連那位老大爺也驚動了，他站起來指著乘務員：「你就讓步吧，什麼樣玉石這樣貴啊？」

珠寶，玉石，都讓林山懷疑。然而，最大的懷疑是老大爺突然站起來。他不是有病嗎？怎能站起來？

乘務員見沒人買，對女孩子更加肆意嘲笑：「怎麼樣？沒錢就是沒錢，沒錢幹什麼還需要嘴硬啊？」

女孩子氣憤地說：「哼，沒錢怎麼了，有錢也不買你這破東西，這些玩藝還不夠我塞牙縫的，等著吧，有錢了我一定來買。」

女孩子還想說什麼，老大爺勸告：「少說幾句吧，沒錢就是沒錢，不可逗氣。」

老大爺說著，一使眼色，乘務員朝外走去。

林山抓住這個細節分析，老大爺與乘務員認識嗎？這一眼是暗示，還是其他什麼？

乘務員帶著珠寶、玉石離開了，剩下女孩子斥責著：「哼，不就是有幾個錢嗎？至於嗎？」

老大爺看了看女孩子，勸告：「社會上這種人數不清，沒必要非要與她們較真，能少說一句就少說一句，和氣氣財嘛。」

中年男人極少說話，見老大爺勸說，就勸起老大爺：「你怎麼起來了？趕緊趴下吧。」

然而，當中年男人還想勸說女孩子時，他忽然張著嘴不說話了，他看見女孩子脖子上掛著一個玉石，憑著他的感覺，這是一件稀奇物品。他問女孩子：「你這塊玉石是從哪裏買來的？」

女孩子笑顏逐開：「哪裏是買賣的，是有人送我的，不值錢的，你要拿去。」

中年男人跳起來：「我可不敢要，這是世界上最珍貴的玉石，剛才乘務員那些珠寶加在一起也沒你這塊玉石值錢。」

女孩子吃驚：「真的嗎？剛才你怎麼不說呀，讓我好好鎮鎮她，看她還囂張不？」說著，女孩子走到中年男人跟前，認真地說：「你是行家，幫我看看這是什麼地方的玉石？為什麼值錢？」

顯而易見，她十分相信這個中年男人。

中年男人說：「我不是行家，只是見得多一些就是。」

中年男人說著，伸手想拿女孩子的脖子上的玉，女孩子下意識地躲藏。

中年男人笑顏逐開：「你不要躲藏，我只是幫你瞭解一下玉石的純正，你這塊玉可能在中國沒有第二塊。」

女孩子不再躲藏，由著中年男人好好看。這時林山發現那個老大爺不知什麼時候又站起來了。林山奇怪，老大爺不是病了嗎？怎能這樣呢？

中年男人也看見了老大爺站起來，他叫喊：「你怎麼又站起來了？醫生不是讓你躺著嗎？」

老大爺憤憤地埋怨：「你總是讓人躺著，身體已經躺僵了，再躺下去我快成死人了。」

老大爺並不聽勸，仍舊站在那裏不動，中年男人也沒辦法。

列車繼續朝前行駛，林山的心裏也在思索。他想知道這些人的真實來歷，可是車上沒有熟悉的人，怎樣調查呢？林山忽然想到了那個醫生，想到了醫生懷抱著的那隻小狗。想到小狗，林山的腦子裏忽然閃現一個鏡頭，小狗在老大爺跟前跳動的情景。

小狗為什麼跳呢？是牠聞到了什麼？還是這裏有什麼秘密？如果真有秘密……林山的心一下懸了起來。

林山這次回家只是看望病了的父親，沒想到小狗的異常行為引起他的注意，讓他懷疑這夥人的來歷。他想起了最近通緝的販毒集團，他們是否也在車上？能如此巧遇嗎？林山並沒深想，當務之急是回家看父親，不知父親病情如何。

想起父親，林山情緒有些急切，他也站起來對中年男人說：「我想到車廂外吸支煙，你們先聊著。」

中年男人順水推舟：「你去吧，這裏有我呢。」

林山離開時，耳邊聽見中年男人埋怨老大爺，接下來就是他們爭吵。林山擔心身邊有他們的同夥，步子緩慢，耳朵豎起來。然而還是聽不見什麼，只好來到車廂外吸煙，趁機拿出手機囑咐局裏，請他們派出人員上車。在沒有任何證據情況下，派出人員這是有違反紀律的行為，可是林山執著堅持，沒說幾句話就關了手機。沒辦法，林山是局長，一切聽他的指揮。

其實，林山一上車就已經鎖定這些人了，只是他並沒有什麼證據證明他們是犯罪。關了手機，林山開始尋找那個女醫生。在林山看來，如果老大爺沒有病，女醫生就是一夥的，如果她是一夥的，小狗又是怎麼回事？難道她與他們之間也有秘密？林山的這一思索把問題明確了，當務之急是尋找到女醫生，還有那個女乘務員，她們之間也是有埋伏的。

連續走了幾節車廂，並沒找到女醫生。林山知道如果她們是一夥的，不可能這樣快就被自己找到。十六節車廂，林山走了十五節，剩最後一節，林山終於在餐車角落發現了女醫生。她正在吃飯，見林山，手一擺：「坐下吧，餐車米飯很好吃。」

「是嗎？好吃你就多吃點。」林山坐下，剛想說什麼，女醫生手又一擺：「你先不要說話，讓我吃完好嗎？」

林山只好任由女醫生吃飯，坐在旁邊靜靜等待。

幾分鐘後，女醫生吃完飯，擦了擦嘴，問林山：「想問什麼？」

林山感到好笑：「你怎麼知道我想問你？」

女醫生嘲笑地說：「如果你不想問我，為什麼連續跑了幾節車廂尋找我，是不是有問題想問啊？」

林山點頭，算是默認。

女醫生看了看林山，笑著說：「其實，你不找我，我也要找你。你我是同路人，必須站在同一條戰線上。」

林山並沒被衝昏頭腦，他問女醫生：「你說的是什麼意思？我怎麼沒有回過神來呀？」

女醫生笑顏逐開：「難道你不是為那些人來找我嗎？」

林山一聽，這個女醫生非同小可，他馬上接下話來：「是的，我的確是為那些人來找你，有什麼故事告訴我嗎？」

女醫生拒絕著：「故事沒有，只是希望你不要找麻煩，這些人由我負責。」

林山問：「為什麼？你是？」

女醫生嚴肅地說：「我是幹什麼的並不重要，重要的是你不要打擾我的工作，現在我命令你原地返回，好像什麼事也沒發生一樣。明白嗎？」

「明白。」林山無奈，只好聽之任之。當他返回後聽見老大爺與中年男人仍舊在爭吵。

「我站起來怎麼了？有什麼可擔心的？」

這是老大爺的聲音，裏面夾雜些委屈，而中年男人仍舊肆意埋怨。

「你是要命，還是要身體？讓你躺下你就躺下，站起來幹什麼？」

老大爺還想說什麼，林山慌忙勸告：「不要吵了，不就是站起來嘛，沒什麼大不了的。」

林山見女孩子躺著看書，埋怨著：「你只知道看書，就不能勸他們幾句？」

女孩子書一合，憤憤地說：「勸有什麼用？他們想吵架勸得了嗎？」

這時，老大爺意識到什麼，慌忙解釋：「這怪不得他們，是我急於想站起來，是我不好。」

老大爺說著，重新躺下，中年男人見此也不再說什麼，只有女孩子奇怪地看著他們，如同看一群怪物。林山也不再說什麼，面對現場，他保持沉默，這也是沒辦法的辦法。列車繼續行駛，林山趁機分析著，每一個人心裏都有秘密，不知他們如何想的。

列車經過一站又一站，旅客上來一批又下去一批，前來幫助林山的偵察員也趁機上了車。這工夫，有人來與林山聯繫了。

林山囑咐他們悄悄跟蹤這幾個人，最後連女醫生也派人跟蹤，在林山看來，這夥人肯定有問題，否則他們絕對不可能裝病。下一步就是尋找證據了，林山明白，如果沒有證據緊緊跟蹤也是沒用的。當務之急取證是第一位，可是到哪裏取證呢？林山想到了小狗，想到了女醫生，同時也想到了老大爺，只有老大爺才能知道他們在幹什麼，可是老大爺似乎並不自由，似乎被中年男人管制著。

一時間，林山的腦子有些亂，尋找證據也是麻煩事。就在這時，林山發現躺下的老大爺並不消停，只見他悄悄從被子裏拿來一本書看。林山奇怪，如此年齡的人，又是病人怎能有閒情逸致讀書呢？由此可見，秘密就在老大爺身上。

想來，林山眼光不停地掃來掃去，他發現老大爺看的是小說《珠寶密案》，這是根據自己偵察故事寫出的，銷路極好。想不到如此年齡的人還需要讀這類書，這在賺錢的年月實在是寥若晨星。

林山輕聲地問老大爺：「你這樣年紀的人也讀這樣的小說？能讀下去嗎？」

誰知，老大爺一聽林山問自己，他興奮地說：「誰說我這樣年齡的人不喜歡讀小說啊？《珠寶密案》是我最喜愛讀的小說之一，我還讀過很多書，絕大多數是在年輕時讀的。比如《鋼鐵是怎樣煉成的》，這是我最愛讀的蘇聯小說，有意思呀。」

老大爺的話讓在沉靜角落讀書的女孩子產生好感，她也興奮地叫喊：「呀，老人家你讀的書稱喲，能給我講個故事嗎？」

老大爺猶豫：「講故事？在這場合能講故事嗎？」

林山見風使舵，順水推舟：「這有什麼，講一個吧，她付款。」

女孩子嘲笑地說：「你怎知道我付款，也許你付款呢。」林山就笑。

中年男人見此也是笑顏逐開，衝老大爺擺手：「你就給他們講一個吧。」

老大爺推遲不了，只好講一個，他說：「我這個故事是真的，是我年輕時的真實故事……我年輕時是一個偵察兵，有一次我在列車上碰上一群印度商人，他們說中國如何不好，如何不如印度。我一聽來了氣，與他們吵架……結果，我被復員了……」

也許提起自己的經歷，老大爺百感交集，他動情地說：「你們年輕人肯聽我這老人的故事也是難能可貴，其實我還有很多故事，只是不知道你們是否想聽？」

女孩子拍手稱快：「太好了，我就願意聽故事，這下我寫小說算有題材了。」

「你是作家？」林山問。

女孩子興奮地說：「不像嗎？」

老大爺興高采烈：「是作家好啊，現在的作家瞎編亂造，沒一點現實感。」

老大爺說著，忽然想到了什麼，他問：「既然你是作家為什麼不在家寫作，跑到這裏幹什麼？」

女孩子說：「我原來是要在家寫作的，可是最近有人總是在列車上搞陰謀詭計，於是我決定寫出一部反映列車員生活的長篇小說，這不，我體驗生活來了。」

老大爺樂了：「原來是這樣，歡迎啊。」

林山不樂，心有餘悸，如果發生意外怎麼辦，真是異想天開。

女孩子從自己的包裹拿來幾本書，送給老大爺：「這是我寫出的小說，請提意見。」

老大爺見此眉開眼笑：「孩子，你送的書算是找對人了，我是專心致志搜集圖書的，我的書有幾十萬本了，加上你這幾本算是第一了。」

女孩子也高興：「沒想到碰上一個收藏家，將來我這部小說出版後也送你，只要你肯讀我就有書送。」

老大爺也說：「但願你有書，祝你成功。」

一老一少一這樣，林山有些插不上嘴。幸而中年男人見風使舵，他招呼林山：「咱們到車廂外吸煙吧。」

這時，林山發現女醫生走了過來，他想推遲，不料中年男人拉著他的手說：「趕緊走吧，女醫生一來你我就不能吸煙了。」

林山問為什麼，中年男人說女醫生有潔癖，在她面前男人是不可能吸煙的。林山覺得這也沒什麼，只好跟隨中年男人離開女醫生的視線，心卻懸了起來。

在車廂外，中年男人掏了一盒煙抽出一支遞給林山，然後又為他點燃。林山看見煙是高檔的，這種煙只有少數人才有，能夠吸這種煙的人起碼也是有錢的。

林山吐了一圈煙霧問著：「你現在的生意可好，有沒有困難？」

中年男人順水推舟地說：「做生意哪能沒困難，然而有困難也會被克服的，在我面前幾乎沒有困難，沒有做不成的生意。」

林山樂了：「這麼說兄弟碰上高手了？」

兩人都笑。這時，林山看見乘務員帶著乘警檢查車票，他招呼中年男人：「咱們還是避開吧。」

中年男人趾高氣揚：「怕什麼？我們又不欠他們錢財，驗票怕什麼？」

林山心裏也不願意離開，他想看看中年男人到此為止想幹什麼。很快檢票的就過來了，林山掏出票等待檢驗，中年男人不屑地轉頭看著窗外。

乘務員催促著：「你幹什麼呢？驗票了，懂嗎？」

中年男人嘲笑地說：「票就票吧，你牛什麼牛？」說著，手一揚，票在他手裏。

乘務員接過去仔細檢驗半天。

見此，中年男人嘲笑道：「看夠了嗎？沒看夠這票就送你了。」

乘務員氣得叫喊：「你什麼態度？」

中年男人頓時火了：「什麼什麼我態度？你什麼態度？」

兩人就吵了起來，其他人勸告，沒用，仍吵不休。

林山見此，故弄玄虛地說：「你們不怕有人處理你們嗎？」

這一問，兩人都不吵了，害怕地左右觀察，看看周圍有什麼人來。乘務員帶著人繼續驗票，中年男人嘀咕著：「這些什麼人啊，沒見過錢啊？驗票也是大驚小怪，難道他們就是為了賺嗎？」

林山站在旁邊聽著，這時他對中年男人已經沒有興趣了。他現在關心的是女醫生，她現在幹什麼？與老大爺是什麼關係？與女孩子又是什麼關係？這些他都想知道。

此刻，女孩子仍舊與老大爺在談文學，女醫生什麼時候進來的兩人一無所知。直到女醫生詢問：「你們在談什麼？」

老大爺才興奮地說：「我們在談文學，你知道現在的文學市場什麼樣的書都有，五彩繽紛，光彩奪目，要什麼樣書有什麼樣書。這跟我們過去時相比真的是天上地下，我那時寫出一部書要研究好幾年才能出版，即使這樣我們也相當知足。」

女孩子說：「可是現在出版社一年給我出版十幾本書我也不知足，沒有稿費，沒有銷量，這讓我們很難堪。可是為了職稱，還需要寫，否則什麼也沒有。」

「我想問寫作目的是什麼，還需要責任感嗎？還需要良心嗎？」老大爺終於說了實話，憤憤問著。

女孩子說：「什麼良心責任感啊？我不懂，可是我知道銷量，有人買書就是好作家。為這，我才到這車裏尋找題材的。」

原來如此。林山斷定了女孩子的身分，她不是他想調查的，也不可能與這些人是一夥的。

就在林山想找女孩子談一談時，中年男人走了過來，他吃驚地說：「剛剛聽說車上有人吃了搖頭丸，員警正在搜索呢。」

女孩子幸災樂禍地說：「誰呀，讓我看看好玩嗎？」

中年男人嘲笑地說：「有什麼好玩的，誰吃了誰遭罪，還是不吃的好。」

唯獨林山一聲不吭，心裏琢磨對策。

中年男人回到自己的位置，拿來自己的包裹，從裏面掏出一瓶子飲料，咕咕喝了一肚子。然後又掏出一串香蕉，遞給旁邊的一個小夥，聲音怪怪地叫著：「你也吃一塊吧，填填肚子。」

這時，老大爺說話了：「你怎麼不給我吃呀，我餓了幾天了。」

中年男人這才從包裹翻出一塊香腸，對老大爺說：「你這樣的人還需要吃飯嗎？裝病都不會，我看還是別吃的好，免得浪費糧食。」

誰知老大爺急眼了，叫喊著：「你說的是人話嗎？如果不是給錢，我怎能幫助你們這些沒良心的？你看看幾天了，你們給我吃什麼了？難道還需要我討飯嗎？」

中年男人見此也是憤憤：「誰不給你吃飯了？給你得吃算啊？」

老大爺又說：「你給我吃的是什麼飯啊？連狗都不吃也讓我吃？憑這，你們就沒良心……」

中年男人見此，慌忙勸告：「好了，現在你想吃什麼就吃什麼吧。」

老大爺這樣一說，林山也感到情況有變，難道這裏真的有秘密，真的值得他懷疑嗎？奇怪的是，女醫生懷裏的小狗不見了，她把狗弄到哪裏去了？沒有狗怎麼尋找線索呢？

也許是老大爺說得讓人傷心，女孩子眼淚流下來了，她拿來自己的食品遞給老大爺：「如果你不嫌棄就吃我的，下了車我還可以買到，沒關係。」

老大爺說：「我怎能吃你們的食品啊？我也是有工資的人，按規定我是不可能向旅客討價還價的，何況你們也不容易。」

老大爺的一席話讓林山心悅誠服，他上前勸告：「既然有人給你就吃吧，就當是我們孝敬你的。」

老大爺說：「其實吃不吃都沒關係，我已經活不長久了，還不如省下來給他人吃。」

林山一聽心裏吃驚，其他人也瞪大眼睛，這老大爺到底是什麼來歷呀？一會兒是作家，一會兒是乞丐，一會兒又是什麼呀？也許老大爺說得是真話，他的確有病，只是女醫生並沒有看出來，也沒找到醫治的辦法，因此才是破罐破摔。

「老人家，你有什麼委屈跟我們說一說吧，讓我們也受教育。」到底是作家，女孩子先沉不住氣了，感動地問著。

女醫生也是幫忙勸告：「大爺，你還是跟他們說一下吧，一路上有很多人會幫助你的。」

女醫生的話讓林山懷疑，她憑什麼這樣說？

列車繼續行駛，林山感到事出有因，現在已經到了揭開謎底的時候。可是他不願意這樣說破，他想給所有在場的人留面子，讓他們避免這樣敏感的話題。趁機，中年男人說話了：「你不要惹事生非了，想吃飯就吃飯，不吃就拉倒，睡覺吧。」

「好吧，睡覺。」老大爺無奈，只好躺下。

女孩子見此也無聊，只好拿來自己的書看著。只有女醫生感到氣氛沉悶，她約林山到外面談話。這是林山希望的，聽之任之。與此同時，販賣玉石珠寶的乘務員又返回來，身邊多了幾個員警。

中年男人見此，嘀咕著：「又是檢票，也不知道一天要檢幾次？沒完沒了……」

林山看了他一眼，沒說什麼，這時沉靜是最好的。

可能乘務員聽見了中年男人的嘀咕，她不滿地叫喊：「你的票，怎麼說你沒聽見嗎？有票沒？」

中年男人憤憤斥責：「你說我有票沒？檢查了好幾次了，你又不是瞎眼睛，你說我有票沒？」

乘務員也不讓步：「怎麼了，檢票不行嗎？這是鐵路局規定，你是旅客就要遵照執行。」

這時，老大爺再次站起來，埋怨著：「你們不要吵架了，他的票在我這裏，有票。」

乘務員和員警看了票後，也不說什麼，轉身朝下一節車廂走去。中年男人朝乘務員背影吐了一口，罵著：「什麼他媽玩藝？」

老大爺勸告：「你也不要找麻煩，別沒事找事了，乘務員是鐵路局上的人，與他們吵架能有你的好嗎？」

中年男人想了想，也是，跟誰吵架？還不是自己跟自己過不去？於是，他低頭不語，聽之任之。

一切安靜下來，列車繼續行駛。

在車廂交接處，林山與女醫生交談著。

林山問：「老大爺有病嗎？你給他看的是什麼病？」

女醫生嘲笑地問：「好像不是你應當問的話題，老大爺有病沒病是醫生的事，與你沒關係。」

林山笑著說：「我只是好奇，順便問一下，怎麼了？」

女醫生說：「我看你不是一般的旅客，是有目的地的。」

林山問：「這話怎麼講？一般如何？二般又是如何？」

女醫生直截了當：「我看你是公安局的，怎樣？」

林山真的吃驚不小，這個女醫生是幹什麼的，怎麼這個她也能看出來，難道她會算命？

見林山吃驚，女醫生說：「你不必猜測了，你的人我已經看出來了，這周圍就有幾個。」

林山震驚：「你到底是幹什麼的？你怎能瞭解我的底細？」

女醫生笑顏逐開：「瞭解一個人還需要費盡心機嗎？你的照片被我傳到網上，公安局裏面有你我照片，一查還不查出來了嗎？現在，明白嗎？」

林山點頭，似是而非。女醫生的話讓他心領神會，是呀，自己怎麼沒想到呢？

「你的小狗呢？」林山小聲地詢問。

女醫生說：「哪是小狗啊？這是我們最新研究出來的新式武器，專門尋找毒品的。」

事已至此，林山所有懷疑都迎刃而解。他問女醫生：「這些人都是你們的人？你派出來的？」

女醫生點頭：「是的，這是一個以家庭為主要販運毒品的集團，我們跟蹤已經有幾年了，誰知剛剛有眉目就被你發現了。你說說，你是如何發現他們的？」

林山如實相告：「我一上車就感到情況不對，尤其是這幾個人情況不對，他們吸的煙並不是市場上賣的那種，而是自製的。」

林山這樣一說，女醫生興高采烈：「我也是這樣發現他們的，可怕的是他們還有一夥人，我並不瞭解情況，還需要偵察。」

林山接過話題：「這個交給我們吧，我的人已經在偵察了，用不著多久他們就會有收穫的。」

女醫生點頭，算是達成協議。

車廂內，女孩子與老大爺談笑風生，中年男人小心翼翼觀察著左右。這時，在他周圍的人越聚越多，他意識到自己可能遭遇危險，想逃走也來不及了。

老大爺對女孩子說：「事到如今，我只好如實相告，我不是有病的人，我是……」

女孩子說：「只要你跟我們走一趟，保證讓你順利過關。」

這時女醫生走上前，拉住中年男人：「你們誰也逃不掉的……」中年男人拚命掙扎：「我什麼事也沒做呀，沒做壞事你們幹什麼要抓我呀？你們還講不講理？」

女醫生根本不聽中年男人的叫喊，使勁按著他。

中年男人掙扎幾次也沒掙開，不得不求老大爺：「你還看著幹什麼？還不動手？」

老大爺站起來，用手一拉，馬上暴露另一張臉，手裏弄著一把刀子。原來他不是老大爺，也是一個販賣毒品的壞東西，他們才是貨真價實一夥的，為了策劃這次販毒，他們制定如此計畫，想不到一路順利，眼看到達終點站卻出了意外。女孩子眼急手快，只一腳，就踢掉了老大爺手上的刀子。

這工夫，林山的人也把乘務員帶來了，還有兩個員警，原來他們也是一夥的。

林山對女醫生說：「怎麼樣，我說我的人會將情況弄清的，現在你我到車廂裏錄口供吧。」

女醫生點頭：「聽你的。」

女孩子吃驚：「原來你們早就瞭解情況？」

林山笑顏逐開，握著女醫生的手說：「希望下次見。」
女醫生也說：「下次見，希望還有奇遇。」

隱私權

春天的早上太陽還沒有出來，從山路上走過來兩個人，一老一少。老的叫老樂，是個盲人，會拉二胡會唱二人轉，在這條山溝裏也算半個民間藝術家。少的叫小樂，是老樂的孫子。老樂的兒子在城裏當幹部，因惦記鄉下的老樂就讓上中學的小樂來看望，誰知小樂一句話就惹怒了老樂，把好事變成了壞事。

原來昨天小樂進村時，偶然聽見當村長的二狗正與村子裏的人議論，說老樂與後村的二寡婦私通，還和馬丫有那個男女關係，小樂將原話傳到老樂耳裏，氣得老樂當時就火冒三丈，罵道：「好你一個二狗人尿不浸專浸狗尿，今天老漢讓你開開眼知道什麼是男女關係。」

老樂一急就拽上小樂朝外走去，他要到鄉裏法庭告二狗侵他名譽權，可是走了一半路時，小樂忽然說他沒有記住那些人，手裏也沒有證據不如回去。正走在半山腰的老樂又氣又惱，一根藤棍雨點一樣敲在小樂的嫩頭上罵他不爭氣，小樂的眼裏被敲出了淚水，暗罵二狗缺德。

二狗是歪曲村的村長，他爹是鄉人大主任並主持司法工作，如果把這事捅上去，不僅打不著狐狸還會惹一身臊。這一點老樂比誰都明白他在山裏混了一輩子，誰家添人進口、誰家兒子當官、誰家姑娘進城、誰家媳婦跟人跑了，老樂都一清二楚，但什麼是名譽權老樂未必清楚，他只是從鄉裏廣播中聽到過有關這方面的資訊，所以當小樂把村長的話一學時，憑他心明眼亮的機靈勁，他馬上意識到這就是那個什麼權。

老樂以為自己有理，他是村裏出了名的老藝人，平時不招誰不惹誰，除了唱幾句二人轉，沒有別的錯誤。現在忽然有人要往他頭上扣屎盆子，說他與寡婦如何如何，這下讓他有些受不了也不服氣，憑空污蔑他是犯法的。

為此，他要找一個說理的地方治一治那些亂嚼舌頭的人。可是一想到因為屁大一點事就要打官司，老樂就覺得不值得，何況打官司要花錢，老樂沒錢心裏更沒底，他不知法庭受理不受理這案子？由誰接案？更不知怎麼打？能不能贏？

他早就聽說有這樣一個故事：一個原告本是有理的，結果打官司輸了，他由原告變被告，輸了幾十萬元，其中原因就是缺少證據。現在突然聽小樂說不認識說這些話的人，更讓老樂心裏沒底，便找藉口訓斥小樂，埋怨他不留個心眼偷偷記下那些人都說了什麼，如果記下了不是有證據了嗎？

老樂喋喋不休斥責著，藤棍不停地敲在小樂的頭上。老樂向來對小樂不放心，他總認為城裏人虛偽，讓小樂在城裏生活容易變壞。其實小樂是一個聰明的孩子，他見老樂不高興，知道自己惹怒了爺爺，便使出渾身解數，說些能讓爺爺高興或開心的話，逗爺爺笑。可是老樂的臉緊繃著，手中的藤棍卻不閒著，忽而點地忽而點在小樂的頭上。

起初小樂很委屈，可他再委屈也沒有爺爺委屈，漸漸地他想通了，決定幫助爺爺找這場官司。

當老樂的藤棍再次點在小樂的頭上時，小樂忽然拽住藤棍，像牽著老樂的手問著：「爺爺，你說咱們能打贏這場官司嗎？」

老樂被小樂拽著往前走了幾步很隨意，兩眼瞇著往遠看嚴厲地說：「是他們說的，我們贏是肯定了。」

小樂拽著棍子往前走了幾步，忽然說：「我們沒有證據呀，怎能贏呢？」

小樂擔心地問著，他的兩眼惶惶不安似乎是自己什麼地方做錯了事，依附在老樂身邊。

老樂心裏一熱，多好的孩子啊，知道疼爺爺了。他一把將小樂攬在懷裏大聲地說道：「你不是都聽見了嗎？你就是證據，他們不相信你，爺爺相信你不會撒謊，你放心這場官司贏定了。」

「可是我覺得還有些問題沒有搞清楚，比如村長他有權，我們能打過他嗎？」小樂滿臉疑惑地拉著老樂朝前走。

山路上的陽光漸漸溫暖起來，這時忽然傳來一陣廣播聲音，老樂不再說話開始聽廣播。在山坡拐彎抹角處，老樂站住了，問小樂：「爺爺讓你寫的東西都寫上了嗎？」

「寫上了，一字不丟。」小樂拍了拍胸脯，此時他才知道爺爺讓自己寫出這些材料的份量。

老樂臉上有了笑容，對小樂說：「好極了，我們先到集上唱二人轉，然後再到法庭打官司。」

小樂不明白，問老樂：「為什麼要先到集上而不是先到法庭上？我們不是去打官司嗎？」

一聽小樂問他老樂就不高興了，一邊抽回藤棍自己拄著，一邊訓斥小樂：「你咋那麼多廢話？白在城裏上學了，你不知打官司要花錢嗎？唱幾段二人轉換倆錢，也好填填我們的癟肚子。」

小樂聽後心裏覺得委屈，看了看爺爺便哀求說：「爺爺不唱二人轉不行嗎？學校裏的同學都說你不會別的就會唱這幾句，還說你是……」小樂欲言又止。

老樂卻不高興了，怒吼道：「唱二人轉是我一生愛好，當初我跟你奶奶認識時就唱二人轉。如果沒有二人轉，你爹還不知在哪個狗肚子攥筋呢。」

說到這裏時，老樂居然順水推舟唱起了二人轉：「雨後天晴出太陽，照得群山放光芒……」本來就寂靜的山溝被二人轉小調一鬧，鳥們都驚醒了，從一片林裏飛出來繞著山樑吱吱喳喳一陣叫，清涼的山溝裏馬上有了鮮活的春天氣象。

小樂心裏美滋滋的，難怪爺爺喜歡二人轉，感情，這唱詞吡流行歌曲還好聽。小樂也吼了幾嗓子，可他總是沒有老樂唱得好唱得地道。

爺孫倆一路唱著一路走著，小山溝裏被這一老一少一鬧，眨眼間就沸騰起來了，彷彿到處是二人轉的曲調，到處是二人轉的歌聲。

春天的風仍舊夾雜著絲絲涼爽，老樂與小樂從山上走下來時早已是熱汗噓噓。也許是唱二人轉唱得口乾舌燥，小樂一路走一路不停地撒目四看，老樂的鼻子也聞了聞，他對小樂說：「再走一段路就是鄉政府，那裏有一個集。」

小樂的眼神便投到了遠處，他想證明一下爺爺的判斷。果然，走到鄉政府時就聽到人歡馬叫，這裏果然是一個集。老樂摸了摸旁邊的房子和牆壁，聞了聞，這才選取一個攤位，爺孫倆就要在這裏擺場子。別看這個小山溝偏僻，早些年是皇帝的戲園子，山裏山外的人都來此溜場。

老樂把藤棍往旁邊一擱，就從背上摘下二胡吱吱幾下試試音，先拉了一曲《二泉映月》，淒涼的曲調馬上吸引許多趕集的山裏人圍觀。

趁機，小樂嗓子一揚高聲喊著：「快來看吶，唱戲啦，唱戲啦。」

這個路口算是一個大集市，進山出山的鄉親們都在此歇腳，因為緊靠鄉政府，來往的人多便自發地形成一個集市。現在被老樂的二泉映月一鬧，集市上的人更加熱鬧更加沸騰，一齊朝這裏湧。那些賣菜的賣服裝的小販見機會來了，紛紛亮開嗓子高聲叫喊，以此吸引人買他們的東西。可是集上的人不聽他們的呼喊，而是奔向老樂的琴聲，好久沒有看戲了，一聽琴聲鄉親們心裏就發癢，於是啥也不顧紛紛跑來看戲。

老樂歪著頭翻著白眼，聽見身旁有人走動，就放下二胡唱起了黃梅戲《天仙配》，但他把詞改了：「樹上鳥兒不回來，我與孫子在家急。」唱完兩句趕緊捏著鼻子用尖細的嗓音唱出女人腔：「你不打柴我不織布，你我泡在酒吧跳舞。」

這時有人喊：「老瞎子別唱歪曲，來段渾的刺激的，我們多給錢。」

「渾的不唱，刺激的不唱，多給錢不唱。」老樂握著二胡翻著白眼與人談條件。

有人點曲：「來一段《月牙五更》怎麼樣？」

老樂來了興致，他清了清嗓子唱道：「一呀更裏進繡蘭房啊櫻桃口啊呼喚梅香啊銀燈掌上啊，燈影兒那個沉哪哎呀我把那個門啊關上啊……」

圍觀的人跟隨老樂的歌聲漸入佳境，這是老樂的拿手好戲平時他是不輕易唱的，但為了官司錢他一開場就唱起來。正唱在興頭上，忽然過來一個中年婦女，她怒沖沖地推開眾人衝著老樂吼起來：「去去去，別一大早就在我店前嚎喪。」

老樂一聽見這熟悉的聲音他就知道是誰，可是既然唱開了他就裝出不知的樣子，故意不緊不慢地說：「我嚎你哪門子喪？你家又沒有死人，你要是真死了我才不嚎呢。」

圍觀的人就哈哈樂，其中有人認識這個婦女就挑撥離間地說：「老樂你知道是誰趕你走嗎？她就是那些男人想的那個七仙女。」

老樂趕緊接過話茬說：「管她是誰，進了你家門就是你家人，進了我被窩就是我老婆。」人群起哄噢噢狂叫，羞愧得那個中年婦女搶過老樂的藤棍就往老樂的身上掄，口裏陣陣有詞：「好你個老樂，敢開這種玩笑，看我不打折你的腿！」

老樂痛得直咧嘴，他看不見藤棍，左閃右閃還是躲不開撲天蓋地的棍子，老樂靈機一動笑顏逐開地說：「看你抓啥不好非抓我的寶貝，一根藤棍。」

粗糙的話又引起圍觀的鄉親們一陣開懷大笑，老樂成了山裏人的笑星。也許鄉親們的哄笑聲太張揚，中年婦女不得不停止掄打，但她怒氣未消，忽然抬起腳將老樂的棍子踩成兩截。

老樂不笑了，兩隻瞎眼定定地盯著地上的棍子，雖然看不見，但他的感情驟然掀起彷彿是那兩截棍子戳穿了他的肉體，戳穿了他的心靈，這一刻他感到了委屈感到了痛苦，渾身的熱血變成了傷感的淚珠。

這一刻小樂不讓了他衝著中年婦女吼起來：「你憑什麼踩斷我爺爺的棍子？你賠你賠！」

小樂說著說著就撲了上來，一下子就把中年婦女撲了個腚墩，痛得她趴在那裏真哎喲。此刻小樂什麼也不顧了，用腳踢她，用手打她。

兩人的撕扯驚動了老樂，他似乎意識到了什麼，急忙喝住小樂：「住手。我們這是在演戲。」

中年婦女一愣，似乎明白了老樂的用意，慌忙從地上爬起來滿臉堆笑對小樂說：「是啊是啊，你爺爺說的對我們是在演戲。」

小樂仍然很疑惑：「演戲為什麼不唱？」

這時旁邊也有人問：「是啊，演戲為什麼不唱？」

「馬上就唱。」中年婦女望了一眼老樂，果然唱了起來：「叫一聲老樂你聽仔細，別把二胡當人質，有種你讓小樂唱，管叫鄉親樂滔滔。」

中年婦女充滿深情的演唱讓鄉親們信以為真，連小樂都挑不出毛病，加上老樂配合默契，三個人真是演出一場好戲。完畢，還覺不過癮，老樂與中年婦女又唱一段《小拜年》，她這一唱不要緊圍觀的鄉親們來了情緒又呼又叫。

小樂趁機端個盆子朝鄉親們討錢，有的人願意給，有的人不願意給，還有的人說長道短。

老樂一聽就不高興了：「咋地？嫌我這老瞎子不中用了是不？要不要我再來一段？」

人群寂靜了，哄笑聲戛然而止，他們知道老樂的脾氣，他不高興時千萬不要多嘴，否則他下次就不會再演出了，於是有人帶頭朝小樂的盆裏扔錢。

望著越來越多的大票子，小樂興奮地對老樂說：「爺爺打官司的錢有了。」

不知誰耳朵尖，聽見了小樂的話，不放心地問著：「跟誰打官司？」

圍觀的人開始騷動，他們大眼瞪小眼，誰也不相信這一老一少要打官司。

老樂似乎猜測出人們想要問什麼，他把手一揮想制止小樂不讓他說下去，可是小樂正說在興頭上根本沒看見老樂的手。老樂靈機一動再次拉起《二泉映月》，蒼涼憂傷的曲子再次使人閉住嘴巴，中年婦女雙眼淚流，她緩緩把頭低下，圍觀的鄉親們的心隨著她的思緒回到了許多年前的往事中……

二十多年前，從城裏來了一批知識青年，當時生產隊組織人歡迎，因為山裏窮，沒錢買鞭炮，便有人想起了老樂叔，讓他在沒有鞭炮情況下拉一段《月牙五更》，這也是山裏人為了表示歡迎的一個好形式。可是好心不得好報，一曲《月牙五更》沒有拉完，這些城裏知青高聲斥責，說老樂叔販賣封資修黑貨，於是歡迎會變成批判會。更有甚者，一個小知青上前狠狠踢了老樂叔一腳。在毫無防範情況下，老樂失身倒在旁邊的白灰池裏。那時老樂眼不瞎，從白灰池裏鑽出來後，他的兩眼就什麼也看不見了。為這老樂的兒子氣不平拎著鐵鍬要劈了那個知青，幸好被老樂叔制止了。老樂說：「我瞎了眼睛不要緊，別因為我瞎了知青們的心，他們從城裏來這裏很不容易，我們應該善待他們……」

一場即將掀起來的毆鬥就這樣被老樂平息了，但這場風險的後果使老樂付出慘痛代價，朝夕相處的老伴因他病了，再沒有醒來，扔掉他先走了，他從此雙目失明。後來知青們在此長期住下，與山裏人共同生存了十幾年，這才知道當初他們的行為是如此大逆不道，尤其是踢了老樂一腳的小知青，他比誰都後悔，因為他一腳使他與熱戀中的女朋友分了手，這女朋友就是後來與老樂常在一起唱二人轉的馬丫。

此刻，眼前的中年婦女就是二十多年前的馬丫，她今天是想幫助老樂一個忙，誰知越幫越忙，她幫了倒忙。山裏人本來就風言風語說她與老樂關係不正常，現如今被她一攪更是有嘴說不清。其實，她一開口老樂就聽出她是誰，但他沒有聲張，而是把二胡拉得有板有眼，令人如醉如癡。直到一曲拉完，小樂告訴他打官司的錢有了他才住手，但兩隻瞎眼依然定定地盯著一個方向，他在尋找馬丫，雖然看不見，但他能聽見，他在用心聽馬丫的呼吸。

這時馬丫就站在小樂跟前，她關心地問小樂：「你爺爺跟誰打官司？為什麼要打官司？」小樂說：「爺爺說二狗叔侵犯了他的名譽權，還說爺爺是一個……」小樂還想說什麼忽覺不妥，就低著腦袋不說了。

馬丫掏出一張票子扔在小樂的錢盆裏，對小樂說：「我這裏還有幾個錢，如果不夠，明天我再送來，你拉著爺爺先回去辦事……」

馬丫將錢扔在錢盆裏後就匆忙走了，但她走了幾步又折回來望著老樂似乎有話要說，見老樂沒有什麼反應這才扭轉頭走了。

身旁的人問老樂：「你知道剛才那女人是誰嗎？還扔給你那麼多錢，看來你們還是夠親密的。」

老樂不高興了，怒道：「我知道她是誰？我又沒長眼睛。」

問話的人鬧個沒趣，伸了伸脖子還想問。這時有人拉了那人一把，罵道：「你他媽別沒事找事，那女人是老樂的老相好，沒看老樂已經傻了嗎？我看你是吃飽撐的找挨打。」

人群忽然靜了下來，還有人竊竊私語，老樂都聽得仔細。

果然是她！老樂的瞎眼定定地盯著馬丫遠去的方向，心中升起一股無法說清的複雜情感。

太陽把大地照得放暖，集市上的人各自忙碌著自己的生意沒有人扯閒皮，一切都顯得平靜和安寧，唯有老樂的心沸騰不止。當身邊的人一個個散去之後，老樂忽然從沉靜中清醒，他吩咐小樂收拾東西準備離開。他看不見，只說收了吧，小樂就把二胡裝入口袋送到老樂的背上，又折根樹枝放在老樂的手中。

一切就緒，老樂再一次朝馬丫遠去的方幾望了望，這才戀戀不捨地吐出兩個字：「走吧。」

雖然老樂什麼也看不見，但他還是像正常人那樣惦起腳尖朝遠方眺望。別看他看不見，耳功卻是異常敏感，稍有什麼動靜他都能從中聽出來。

此刻，爺孫倆一前一後走著，老樂在前，小樂在後，中間是那根木棍。老樂邊走邊打聽鄉法庭在什麼地方，有人告訴他在西大牆，小樂就牽著老樂朝西移動。

因為看不見東西，加上小樂走得急切，老樂的頭不停地撞在門框上疼得他直咧嘴，便罵小樂：「我瞎你也瞎，沒看見有東西嗎？」

小樂明知自己失誤也不能還嘴，任由老樂罵，直到老樂罵累了，嘴邊吐出白沫時，小樂才把老樂帶到一個房間。老樂誤以為法庭到了，不等坐下就說：「我是來告狀的。」

屋子裏的人轟地一下都笑了，接著一個女人告訴老樂打官司到那邊法庭。老樂不知女人指出的那邊是哪邊，也不知是東還是西，氣得火往頭上竄，抓緊小樂，手中的木棍就朝外走。不小心又被摔了一下，氣得老樂的肚皮都要炸了。再次弄錯，再次出醜，老樂終於急眼了，他抽回棍子一下接一下敲在小樂的頭上，一次比一次狠，連樹皮都磨掉了，他也不動心，仍舊一下接一下敲著。

小樂疼得淚汪汪的也不敢辯白，小心地領著老樂來到了鄉法庭。還有十幾步的時侯，小樂看到一間屋子，門口有塊牌子寫著法庭字樣。

小樂高興地告訴老樂：「爺爺，法庭到了。」

「真的嗎？再弄錯小心我敲碎你的頭。」

老樂有些半信半疑，連續吃了幾次苦，他變精明了。他邊說邊舉著棍子比劃著，但這次他沒有敲小樂的頭，而是用力朝前方探索著，並熟練地將樹棍左右點著，十分準確地伸進門裏。

小樂在後面緊緊跟隨，剛想提醒老樂注意什麼，就聽見一聲斷喝從屋子裏傳出來：「什麼人敢在我這一畝三分地敲人家的壯舉啊？法庭重地不許喧嘩。」

聽此一聲老樂這才知道法庭真的到了，他慌忙收起棍子對裏面的人說：「法官同志，我要打官司，請法庭為我做主。」

老樂的話音還沒落，從裏面走出一個中年男人，他個子不高，但很胖，圓頭圓臉，他就是負責鄉法庭的毛庭長。看見老樂他親切地招呼：「歡迎你有困難找法庭，你告誰呀？坐下談吧。」

毛庭長隨手拉過來一把椅子請老樂坐，然後他在旁邊坐下，掏出紙筆作記錄狀。屋子裏的人一聽老樂打官司紛紛好奇地湊過來想聽個熱鬧，毛庭長一揮手：「你們回避一下。」眾人皆散。

老樂讓小樂念準備好的材料，毛庭長見狀忙制止小樂說：「我問你答，這是法律程序。」

小樂就把材料捲好掖在老樂的懷裏，他這才感到爺爺精心準備的材料沒有用武之地，他坐在爺爺旁邊，看著毛庭長靜靜地觀看。

「你們誰當原告？」

毛庭長問話了，他是想問老樂和小樂誰當主告，可老樂不懂問毛庭長啥叫原告，小樂就說一切由爺爺說了算。

毛庭長糾正小樂：「不是由你爺爺說了算，一切由法院說了算。」

緊接著，毛庭長依照法律程序問著老樂許多問題，他先問年齡、籍貫、社會關係，總之該問的不該問的他都問了。毛庭長問一句老樂答一句，當答不上來時由小樂代答。毛庭長聽得認真問得仔細，然後在紙上刷刷寫著什麼，寫完又讓老樂講事情經過，不時地問時間地點人證，老樂不知啥叫人證，就一口咬定是二狗毀了他的名譽權，今天來法庭就是告他狗日的。

聽到這裏，毛庭長總算聽明白了老樂要告的人是誰。當一切都弄清後他問老樂：「你告二狗，不怕他有權的爹嗎？」

老樂一拄棍子頭一搖瞎眼一翻怒吼起來：「他爹有權怕什麼？即使是市長我也敢告。」

「好，有你這態度我就放心了。」毛庭長作完筆錄後又對老樂說：「還是依法律程序辦事，先寫出狀紙再請律師，然後等到開庭通知。」

老樂不懂問毛庭長：「打官司哪來的那麼多講究？我今天來就是想今天判，你可別推我今天不判我不走了。」

毛庭長笑顏逐開地說：「事情沒有你想的那樣簡單，你說他侵犯你的名譽權，你有什麼名譽權？你又不是名人，有什麼名譽被侵犯？啥叫名譽我都不懂你懂什麼，不過你既然來了，我們就受理，在案中學習。請你放心，我們不會袒護任何一方。」

毛庭長又說了許多話，老樂聽了如墜雲裏心裏不踏實，連法官都不懂啥叫名譽權，這官司還打個什麼勁呢？老樂坐在法庭不肯走，他還想多問一下有關打官司的方式，可毛庭長勸他回去好好準備就將他們送出來。這時中午就到了。

從法庭出來便是熱鬧的集市，南來北往的鄉下人都要聚集在這裏吃飯，饅頭包子餃子麵條應有盡有。即使不是山裏人從此經過，聞著香氣也會喝上幾碗豆腐腦然後再上路。

老樂和小樂離開法庭後肚子咕咕響，一個上午他們又唱又說，加上走了這樣遠的山路，肚子能不餓嗎？當他們來到集上時，小樂的眼神就不夠用了，雖然集上的東西不多，但鄉下的物品對於在城裏長大的小樂來說也是充滿誘惑力的。他看見這個也要吃，看見那個也要吃，到底是個孩子，弄得老樂又來了脾氣怒吼著：「別吃了鍋裏的又看碗裏的，找家小飯館隨便吃點麵條算了，實在想吃回家，別在這浪費。」

「爺爺，我不想吃麵條，那玩藝在學校天天吃，我想吃大餅子。」小樂的眼神盯住旁邊的大餅子攤商就不動了，他剛要掏錢欲買就被老樂拽住了。

「走吧，爺爺帶你去一個好地方。」

小樂眼瞅著大餅子，一步三回頭地隨老樂走路，他不知爺爺要把自己帶到哪裏，有些不大情願。集市上的人見老樂過來紛紛打招呼，一個個親切勁讓老樂感動，其實老樂就是為了省錢才不肯買東西，誰也不知他要買什麼。

像明眼人一樣，老樂在一家小吃部前站住了，他對小樂說：「這兒的包子最好吃也最大，比狗不理還有味道，我們就在這裏吃幾個吧。」老樂說著就朝裏走。

小樂說：「就是真正的狗不理我也不愛吃，我就想吃大餅子。」

小樂似乎央求著，可老樂已經進店開始買單了，小樂瞅了瞅大餅子攤只好隨著進去了。

老樂買了二斤包子，坐在角落旁若無人地嚼起來。

小樂勉強吃了兩個不吃了，他對爺爺說：「我想去廁所。」

老樂不知小樂要搞什麼名堂，吩咐他快去快回。

小樂興奮地跑了出來奔向賣大餅子攤商前，買了兩個大餅子後就跑回來坐在桌子旁邊大嚼大嚥。

老樂也沒有察覺，依舊嚼著包子。其實，他已聞到了大餅子的味道沒有責怪小樂，而是更加大口地嚼包子，恨不得將剩餘的包子都吃掉，免得浪費。此時，老樂吃包子的狼狽相很嚇人，也許他看不見人又想躲人，而躲人又看不見人，這就難為老樂了。

吃完二斤包子老樂要喝水，小樂早把一瓶礦泉水送到老樂手中，說：「爺爺這水乾淨，又不得病。」

老樂接過礦泉水說：「你小子就知道大把花錢，你爺爺在山裏住了一輩子，什麼時侯得過病？不喝礦泉水爺爺身體不是更好嗎？」

老樂一邊數落小樂一邊喝了幾口，咂吧幾下嘴說：「是好喝，比咱們家的井水還有味道，你知道這礦泉水是怎麼來的嗎？」

小樂回答不知道。

老樂說，還是城裏人會享受。忽然，他像想起了什麼似地問小樂：「城裏人也打官司嗎？」

小樂撲哧一笑說：「打呀，城裏人打官司還上電視登報紙，威風著呢。」

「這是為什麼？」老樂疑惑不解。

小樂就把城裏見聞對老樂講了：「因為城裏人誰打官司誰出名，所以有人喜歡打官司。聽說有一位廠長，他見生產的東西賣不出去就鼓勵職工打官司，結果電視宣傳兩月後產品供不應求，你說奇不奇？」

小樂興奮地敘述著城裏見聞，聽得老樂直發呆。他像對小樂說又像對自己說：「是很奇怪，城裏的事就是比山溝裏新鮮，你在城裏多學一些知識，長大了好為鄉親們辦事。」

這工夫不知是誰帶頭把小樂圍了起來，聽他講城裏見聞，小樂不客氣地把自己知道的看見的聽到的新鮮事一股腦都講了出來，驚得山裏人大叫：「我的天！城裏人這麼複雜。」

大概是聽煩了，老樂揮起棍子趕走眾人，繼續問小樂：「你說城裏人愛打官司不怕等丟人嗎？這可是最可恥的事呀。」

小樂一聽就說：「爺爺還是老腦筋，都跨世紀了還跟不上形勢。打官司是一件好事，它幫助你討回公道。誰讓二狗說你壞話，他當村長就欺負人，誰欺負人我們就告他。二狗說你的壞話就告他侵權這是書上說的。沒錯，老師也是這樣對我們講的。」

老樂聽小樂這樣一講他一拍大腿高興地說：「好，咱們馬上回去找人寫狀子請律師，爺爺也要上一把電視風光風光。」

小樂騰地從坐位上彈起來對老樂說：「爺爺咱們快走吧，今晚有足球……」

小樂說到這裏時忽然想到爺爺看不見，慌忙噝回下面的話，暗裏吐了一下舌頭。於是小樂在前，老樂在後，像來時一樣小樂牽著棍子緩緩離開了小吃部。

過午的陽光正足，把周圍映照得有些烤人，老樂的心比火還急，恨不得一步就到家。可是山溝裏的特色就是以山為名，山連山嶺接嶺，爬一次山比進一次城還要難幾倍。

當一老一少翻過半山腰時，老樂忽然不走了，他對小樂說：「我們租車進城，這樣爬山太費勁。」

小樂問：「為什麼租車？你不是總想省幾個錢嗎？」

老樂說：「這不是省幾個錢的事，走租車進城。」

老樂斬釘截鐵拽著小樂就朝山下奔，搞得小樂有些糊塗。

重新回到集市上，老樂就大聲地呼喚：「計程車！計程車！」

小樂問爺爺租車為什麼，老樂急切地說進城找律師。於是小樂一擺手馬上過來一輛計程車，老樂也不問價就鑽了進去，小樂與司機談著價格，然後司機把車開動在山路上疾馳而行。

山路彎曲，小車如飛，很快就到了城關。在城裏，小樂如魚得水好比到家似的，忽而指點這裏忽而指點那裏，喜得老樂閉不攏嘴。可惜他什麼也看不見，不然這二十年的城裏說不上變成什麼樣。幸而有小樂領著，很快找到律師事務所，老樂要請全市最有名的律師幫助他打官司。

在律師接見處，老樂見了最有名的陳列律師，兩人一見如故。陳列律師聽了老樂的陳述後，表示願意幫助他打贏這場官司。原來陳列早從小樂口中知道了老樂的兒子在城裏當幹部，不用問他也知道是誰，於是陳列決定幫助老樂辦理一切手續。

請完律師，小樂要回家，老樂不允許，他心急火燎又租車往回趕，到底是在足球賽開始之前回到家，小樂高興得不得了，而老樂卻累得不行了。

夜深人靜，山溝裏一片漆黑，鄉親們有夜裏熄燈習慣。

老樂雖然很累，但他躺在床上睡不著。這一天的奔波把他折騰得夠嗆，隔著窗玻璃在心裏暗暗數星星。他忽然發現冥冥中的夜色星空燦爛，很像他結婚那天的夜裏，他也是這樣躺著，無意中便發現窗外那些燦爛的星空。老樂激動了，像年輕人一樣忽然一躍而起，可是沒等走幾步他就跌倒了，疼痛使他迅速恢復理智，他這才懂得他已失明多年了。

「唉，二十年過去了怎麼還不習慣呢？」老樂自言自語摸摸索索回到床上，好久好久沒有入睡，不知雞叫幾遍他才漸漸入夢，這一覺他睡得很香直到天亮。

次日醒來老樂覺得頭有些痛，也許昨天奔波太急才產生這樣的症狀。他吩咐小樂早上買些油條吃，而他吃昨天帶回來的剩包子。一切準備好後，這才按律師的要求找人寫了狀子，並按法律程序正式請陳列為律師，繳了費用，然後回家靜靜等待。這些日子都是由小樂陪同。

大約半個月後，鄉法庭受理了老樂的訴訟，毛庭長親自來到歪曲村搞調查摸底。也許是鄉裏發生的第一樁侵權案，庭裏內外都很重視。

這天，在村頭的老榆樹下，老樂正與小樂唱二人轉，你一句我一句唱得正歡，引得鄉親們一片叫喊。這時有人忽然看見毛庭長來了便打招呼：「毛庭長你這樣的人物也來聽戲？」

毛庭長說：「寧可捨得一頓飯，不能捨掉二人轉，我這樣的人物怎麼就不能聽二人轉？」

毛庭長說著就往人群裏擠，雖然老樂看不見，但他心裏清得很，他聽見有人喊毛庭長，他馬上止住唱，等候反應。

小樂不懂事仍舊在唱，幾句後不見老樂接詞就問老樂：「爺爺，你怎麼不唱了？」

老樂沒好氣地說：「你沒看見庭長來了嗎？」

這工夫，毛庭長早已擠進人群來到老樂身邊，見冷了場就對老樂說：「我今天來找老樂商量是為了官司的事，一是調查你在訴訟狀裏說的是不是事實，你只回答是或不是，不用解釋。二是調查二狗到底侵犯了你什麼名譽權，你們的事驚動了鄉裏，他老子批示要慎重處理，所以我找你先談一談，看看是否還有緩和的餘地？」

老樂翻著白眼恨恨地說：「還商量個屁，人家主任老子都批示了，你批判我就是了，免得丟了你的烏紗帽，讓我難堪。」

毛庭長聽老樂這樣說知他不高興，慌忙解釋：「你別說氣話，我們的法庭也不是為他一家開的。別看級別小，也是執行國家大法。如果我一碗水端不平你就把它砸碎，我頭上的國徽不是一張白紙，它是一副重擔，一座大山，我能愧對它嗎？能愧對你嗎？在法律面前，不論男女老少不論有病沒病，只有公正平等。我找人問了，像你這種案情全國多極了，城裏幾乎天天有，不過他們不叫名譽權，叫什麼隱私權。我就納悶了，同樣是中國人對法律的認識，為什麼會有這樣大的差距呢？現在我知道了為什麼有人願意打官司，原來這裏面有許多學問，看來我這小法庭要出大名人嘍。」

毛庭長十分認真地向老樂解釋著，也向周圍的人解釋著。

人群中有人接話說：「毛庭長，聽你說得天花亂墜，如果所有法官都像你這樣就好了，怕就怕辦起事來不公平，像順口溜說的那樣：『公檢法，大蓋帽，吃完原告吃被告。』毛庭長你這次下來先吃誰呀？」

人群轟然一笑。

毛庭長也不生氣笑顏逐開地說：「先吃你。」

人群又笑。

毛庭長繼續解釋說：「咱們這法庭是公正的，你們見過我到誰家吃完原告又吃被告？如果我真想吃，現在就到各家炕頭去吃，免得我到時不好意思吃。」

人群又笑。老樂不笑，他打斷毛庭長的話問著：「你找我幹什麼？是不是不想接這案子了？告訴你，這案子你接也得接，不接也得接，別說那些廢話。」

老樂說著從懷裏捏出一支煙來遞給毛庭長，他身旁的人盯著他的手希望他再捏出幾支來，可他像沒事一樣靜靜等待，讓旁邊的人十分失望。

「看你說的，我不是已經來調查了嗎？二狗是村長，有些事我得公理公辦，法律上的程序還要走一走，不能違法亂紀是不是？」

毛庭長接過老樂遞過來的一支煙，朝旁邊的人要火點燃後使勁吸了幾大口，這才精神振奮地說：「你我是村子裏的老熟人，有什麼事我能不為你說話嗎？就憑你這煙，我就不能屈了你。」

此刻毛庭長很得意，尤其是看出周圍一個個羨慕的眼光，他又為獨自享受這種待遇而自滿。山裏人知道老樂有好煙，但一般人是享受不到的，如今毛庭長享受到了，他對老樂自然是親近幾分，話也就隨便平和。

一支煙吸完，毛庭長又像當初在法庭上詢問那樣，對老樂作筆錄，有不明確的事當面問清楚，老樂如實回答。

這時的老樂心裏挺佩服毛庭長的，看來這法律還是有公正的地方，最起碼他在沒有判別之前來村裏調查，這就證明他不偏聽偏信。單憑這一點，老樂就服氣，心裏面舒坦，所以他有問必答，配合著毛庭長的工作。

又問了許多人的問題，包括許多細節，還有那些從前沒有人提過的知青事故、二寡婦、馬丫等人物，毛庭長都一一作了筆錄。

完畢，毛庭長覺得時間還早，他想抓緊時間再問問二狗，這是案情的關鍵人物聽聽二狗怎麼說。於是，毛庭長告辭老樂往二狗家走，讓他奇怪的是，剛剛邁出十幾步就聽身後傳來笑聲，接著就聽見老樂唱二人轉小帽：「叫法官你聽清楚，辦事不公賣紅薯，回家閒逗媳婦玩，免得到時打屁股。」

農村的鄉土小路是看著近走著遠，毛庭長在小路上加快步伐，心思卻在老樂的官司上。他不知二狗如何說，會不會承認這樣的事實，總之他覺得這是一件撓頭的案情，雖然事不大，但影響不能小。

自從老樂要打官司那天起，他這鄉法庭就沒有消停過，幾乎天天有人問這件事，而且已經驚動市裏有關領導。為此，他更加不能怠慢。他十分清楚眼下這場官司非同小可，搞不好他的庭長位置沒有了，還會牽涉許多人。

毛庭長一路想著，一路上不停地掏出小本看著什麼，他在思索怎樣能把二狗和老樂拉到相同的路上來握手言和。陽光暖暖地照，毛庭長走得急渾身有些發熱，這裏離二狗家不算遠，幾乎站在地頭旁就能看見二狗家的院落。

當毛庭長來到二狗家門口時，二狗恰巧在院落裏掃地，見毛庭長到了跟前，慌忙扔掉掃帚奔過來握手。

毛庭長手一縮，說：「不必了，我是來搞調查的，老樂把你告了我們法庭已經受理了。」

「什麼？他一個老瞎子告我？他告我什麼？」二狗不等毛庭長說完當時就急了。

毛庭長小聲地說：「他告你侵犯他的名譽權，你侵犯了嗎？」

「他一個老瞎子我能侵犯他什麼名譽權？啥叫名譽權我都不知道，憑什麼說我侵犯了他的名譽權？我又沒上他老婆。」

二狗生氣地掄起鐵鍬使勁鏟地，嚇得毛庭長直往後面躲，幸而他這種事經歷多了，通常是當事人氣消之後就會態度和藹，但這次例外。

二狗不停地大喊大叫，不斷地吼著：「他老瞎子憑什麼告我？我還要告他呢？當初若不是他與知青打架，他的眼睛能瞎嗎？要告咱們就一塊告，看誰告得過誰？我告他破壞上山下鄉，告他唱二人轉小調宣傳資本主義，告他不務正業……」

二狗氣喋喋說了一大堆理由也沒說到正式地方，還是毛庭長提醒他：「你就一件一件說清楚，你說一件我記一件，這可都是上公堂的事。你是黨員又是村長，說話要負責任，我來你這裏就是聽取你的理由。」

「我是村長怎麼了？村長就該被人打官司？放心，有我二狗當村長說話就要負責任。」二狗拍著胸部做保證。

毛庭長的心裏踏實許多，看來他這一趟沒有白來，原告被告雙方都滿意，下一步就看自己如何斷定了。毛庭長細心地記錄著二狗說的話，然後去找其他人瞭解情況。

毛庭長在村子裏轉了許久，調查許多人，對老欒與二狗的為人瞭若指掌，這才帶著一身疲憊回到法庭。連續幾天他沒有出門，他感到壓力太大，一時找不到解決問題的最好辦法。他覺得二狗的確是一個好村長，他說的每一句話確實言而有信，如果因為一句話就要打官司，未免有些太不盡人情。可是老樂也是正八經的藝術家，他為人忠厚老實，愛唱幾句二人轉，如果因為愛唱幾句小曲就遭到二狗的閒言碎語，這也太冤枉他了。所以他不願意把事情鬧大，更不想鬧得滿城風雨，更不想讓父老鄉親說長道短，他是一個庭長，知道此案的份量，於是在家苦苦思索，想方設法把這事化小。

可是時間一天天過去，老樂又催得緊，按照法律程序，毛庭長只好傳喚了二狗和老樂，他想當面做一次調解，都是鄉裏鄉親的，有什麼矛盾就地解決。可是他的心願是好的，效果並不理想。

那天下午，老樂與二狗如約前來。兩人走到門口時，誰也不理睬誰，旁邊的鄉親知道老樂看不見，就朝二狗使眼色示意他贏。二狗心裏美滋滋的，壓根沒把法庭和老樂放在眼裏。

但小樂看在眼裏記在心裏，他暗中把一顆圖釘放在椅子上，當二狗大大咧咧往椅子上一坐時，痛得他當場叫喊起來：「這是誰幹的？媽媽的，這是誰幹的？」

二狗邊罵邊走，當他走到門口時迎面與毛庭長相遇，毛庭長攔住他和藹地說：「你還不能走，等到法庭問完話後你再走。」

二狗手捂著屁股說：「我的屁股疼痛得厲害，哎呀。」

毛庭長將二狗拉回座位上，也許是圖釘扎得太狠，疼得二狗直咧嘴。小樂在旁邊抿嘴偷樂，不巧被二狗發現，他瞅著小樂心裏在打鬼主意，毛庭長也發現了這一線索，笑顏逐開地對小樂說：「小樂，這是大人的事你先出去，過一會兒我再叫你行嗎？」

小樂點了點頭出去找老樂去了。

屋子裏只有毛庭長和書記員，還有一個審判員，加上二狗共有四個人，空氣有些凝固。

二狗頭一次進法庭他有些緊張，汗水順著他的脖子往下淌。

毛庭長見此就安慰二狗：「你別害怕，該怎麼說就怎麼說，我問你答，你只說是或不是，你就當我是你的朋友，當這裏是你的家好了。」

二狗說：「我可不要這樣的家，法官怎能是我的朋友，你問你的我答我的，男子漢大老爺們說話算數，有什麼答什麼，你問吧。」

毛庭長見此便開始問話了：「二狗村長，老欒的訴訟狀你都看了嗎？」

毛庭長威嚴地坐在審判臺上兩眼注視著二狗，這情景讓二狗心裏微微一震。法官是比百姓神氣，剛剛還稱兄道弟，轉眼就會六親不認，於是他說：「看了，老欒簡直是胡說八道，是放狗屁血口噴人。」此刻，二狗仍舊沒有認識到官司的嚴重程度，仍舊像在村裏一樣同鄉親們說話時那樣隨便，口裏不乾不淨把老欒臭個夠嗆。

毛庭長見此便提醒他說：「注意語言文明。」

不料二狗忽然翻臉火氣十足地說：「文明啥？他告我還不讓我說話，你們法庭到底是為誰做主？是他老瞎子還是我二狗？我也是一個守法的公民啊。」

「你不要發火，我問什麼你答什麼，你只說是或不是。」

毛庭長見二狗發火就安慰他幾句，示意書記員這幾句話不要記，然後又態度溫和接著詢問：

「老欒說你背後議論他與馬丫有男女作風方面的事，請你說有這方面的事嗎？」

毛庭長問完，雙眼盯著二狗察言觀色看他的反應。

二狗大大咧咧地說：「有啊，那天在村頭聚集了一夥鄉親們閒侃，我擠過去，恰巧聽見他們議論老欒與馬丫的事，因為我多喝了酒，就插了幾句說馬丫與老欒有那事。沒有想到這話被小欒那個猴崽子聽到了，反咬我一口說我侵犯他什麼權，就為這屁股大一點事他就告我侵權？我他媽侵他什麼名譽權？」

「這麼說你承認有這事？說過這話？」毛庭長挺嚴峻地盯著二狗，擔心他反悔。

二狗拍著胸脯說：「大丈夫敢做敢為，說他狗日的又怎麼樣？」

毛庭長聽此就與審判長耳語一番，然後對二狗說：「今天就到這裏吧，什麼時侯正式開庭聽通知，你是村長公事多忙你的去吧。」

二狗一聽還要再來一次就急了，怒沖沖地說：「你們還有完沒完了？想問你們就一次問清楚，我哪有那麼多時間陪你們打官司？」

毛庭長糾正他說：「不是你陪我們打官司，是我們陪你們打官司，許可權別弄顛倒了。再說我們不用你陪，等到一切調查清楚了自然會與你聯繫。現在你可以走了。」

二狗不相信事情就這樣辦完了，站在那裏不肯動地方，毛庭長笑容可掬地將二狗勸走，然後開懷大笑，他們沒有想到二狗這樣輕易地就承認了事實，看出來這案情辦得十分順利。只要被告承認事實存在，一切就好辦。於是毛庭長趁機與兩位法官商量，研究下一步的方案準備開庭。

再說二狗離開法庭後心裏一直核計著，打官司打官司，這官司咋能這樣簡單呢？堂上坐了幾個法官，為什麼就不多問幾句呢？多問幾句有何訪呢？那個老瞎子不就是靠耍嘴皮子糊弄法官嗎？不過看法官們的態度，他們也不偏聽偏信老瞎子一個人的，有自己的老子為後盾說不上還會贏。

二狗走著走著忽然朝鄉政府拐去，他要告訴他老爹自己在法庭上的表現。可是當他來到鄉人大辦公室時，見門緊鎖著，他悻悻而回。二狗找不到他老子就匆忙回到村子裏，他很快就忘掉了打官司的事，恰巧趕上衛生大檢查，他忙著應付檢查團，法庭上的事就忘腦後了。

這一刻毛庭長正緊鑼密鼓調查取證，為開庭做準備。

日子就這樣悄無聲息地過去了，山裏人度過了一個個難眠之夜，他們都在猜測這場官司到底是誰輸誰贏。

一個明亮的月夜，山裏山外銀光閃閃。明月下，老樂還沒有入睡，他靜靜地坐在老榆樹下思索著。明天就要開庭了，雖然法庭早在三天前把通知送到他手裏，律師也說準備充分，現在萬事具備就欠東風，可老樂的心裏依然感到沒底。二狗說他與馬丫有事是胡謅八扯，可他這些年總覺得有些對不住馬丫，這二十多年來他與馬丫之間確實存在著感情糾葛。儘管年齡上有些差距，可他對馬丫的感情是真實的，何況小樂也聽不清他們都說些什麼，無憑無據甚至連人證都沒有，這聲官司能輕易地贏嗎？此刻，老樂有些後悔當初頭腦一熱就上了法庭，現在他鬧得騎虎難下。正想著，小樂來了，手裏拎著二胡悄悄地站在老樂身邊。

這時，圓圓的月亮把爺孫倆的影子映照在樹木上，老樂看不見，小樂又不敢打攪，在黑暗中悄悄注視爺爺的舉動。老樂兩眼望著一個方向依然在沉思。

好久好久，小樂才輕輕地對老樂說：「爺爺，過幾天我就要回城了，我的假期已到，臨走前我還想學一學《二泉映月》，秋天學校彙報演出時我還要上臺獨奏呢。」

小樂的話不多，但含有一種請求，他知道這時侯打攪爺爺有些不應該，可他要參加學校彙報演出，如果不抓緊時間排練就會失去機會。

小樂拎著二胡，見爺爺不說話便故意弄出響動，老樂這才轉身對小樂說：「爺爺就給你拉一段《二泉映月》，你要注意聽認真記，看看哪地方有不懂的要及時問，聽好我現在就開始拉。」

老樂說著就動手拉二胡，他不忍傷害小樂的心靈，何況小樂一心要學他的拿手絕活他怎能放棄這個機會呢？但在拉的過程中，那些悽楚的旋律在老樂的心中翻騰。

一曲拉完，小樂忽然發現爺爺的臉上淌下來一串淚珠，小樂悄悄地詢問：「爺爺你哭了嗎？」

老樂說：「沒有，爺爺這樣剛強的人怎能哭呢？」

老樂想掩飾自己流淚的樣子，可他怎能抹掉心中的淚痕呢？他的情緒影響了小樂，爺孫倆在明亮的月光下悶頭不語。

「剛強啥呀？從你的琴聲裏我就聽出來了你的心裏在流血，這是你的心靈在哭泣……」

不知什麼時侯，從樹後閃出馬丫，原來她已站在他們身後多時了，聽到老樂的琴聲，知他心裏苦悶便想再幫他一次。

老樂一聽馬丫的聲音確實吃驚不小，她來幹什麼？還嫌不夠亂嗎？

這時馬丫又說：「我是來揭發二狗的，那天他到我家想調戲我，被我一瓢涼水潑了出去，他懷恨在心便四處散佈謠言，說我與你如何如何，沒想到這個狗東西不知羞恥，居然把你也牽連進去。為此，我也想告他趁機把他打下去，看他還犯不犯錯……」

馬丫一五一十將二狗對她所做的事對老樂說了，並且她要為老樂上法庭上公開二狗的醜惡嘴臉，以此證明老樂的清白。

老樂不滿地說：「我的事與你有什麼關係？要告你到法庭去告他，到我這裏幹什麼？你還嫌閒話少嗎？」

老樂埋怨馬丫不該來這裏，氣得馬丫不顧面子說老樂：「你讓我說你啥好呢？被人欺負這樣了還不敢說話，還顧及他的面子，你顧及他的面子，那他顧及你的面子嗎？人都是平等的，憑什麼他能胡作非為，而你不能胡作非為？」

馬丫連珠炮似的語言頃刻就轟垮了老樂的心裏防線，他暗自讚頌馬丫的果斷和勇敢，感謝她在關鍵時刻挺身而出支持自己，同時也堅定了他的信念，要把這場官司進行到底。

馬丫知道老樂此時此刻的心情，便草草地說了幾句：「法庭我會去的，我所以告訴你是想讓你心裏有數，我就不相信我們合作打不敗他。」

老樂還是不高興：「你不要再攪和了行不？你一攪進來，我更說不清楚是你打官司還是我打官司？鄉親們會怎麼樣看這件事？再說了，這點事本來就不大，被你一攪，滿世界都知道，到時不是更說不清楚嗎？」

馬丫一聽這才著急了：「那你說怎麼辦？」馬丫問著，她這時有些六神無主，迫不及待期望老樂為她出個好主意。

老樂似乎早已斷定自己能贏這場官司，就對馬丫說：「你回家等我的好消息，我一個人跟他打官司，我就不相信這法院是他家開的，更不相信法律會給胡說八道的人開綠燈。你放心吧，有我在就有官司贏的可能，何況我老瞎子心明眼亮，還有兒子做後盾呢。」

「這話我相信，法院既不是給他家開的，你就有贏的可能。不過你也別忘了，他爹媽有權有勢，如果不抓住真憑實據能扳倒他嗎？」馬丫的心再次懸了起來。

老樂聽此心中的怒火升騰起來，說道：「扳倒他村長幹什麼？我只打他侵犯我的名譽權，我又不與他爭村長。你馬上回去，否則被人看見又說閒話了。」

老樂欲言又止，馬丫又叮囑老樂：「你要小心，我回了。」說完，馬丫轉身就走，她的身影很快消失在黑暗中。

老樂操起二胡又拉了起來，這回他拉的曲子不是《二泉映月》，而是《月牙五更》。

早晨醒來又是一個晴天，小山溝裏陽光燦爛霞光輝映，如同點上一盞照明燈亮得耀眼。老樂早早醒來拉著小樂走在通往鄉裏的山路上，也許是心情壓抑，爺孫倆誰也不說話，默默地走路。老樂邊走邊拎著二胡，沒精打彩。當他們來到鄉法庭院裏時，這裏早已聚集了一群人。原來，吃過早飯，鄉親們聚集到法庭，他們都想看一看老樂和二狗這場官司到底是誰輸誰贏，同時也想從中吸取經驗和教訓以利於以後打官司。

現在的鄉親們精明多了，他們見老樂過來就有人說：「老樂叔來一段二人轉怎麼樣，鄉親們這麼遠跑來為你助威，總得有點表示吧？」

老樂翻著白眼沒好氣地說：「你們是來為我助威的嗎？我看你們是來看熱鬧的，這地方這場合是聽曲子的時侯嗎？如果我沒猜錯，你們是為二狗這狗日的來助威的。」

老樂知道他幾句話就把人傷了，便輕輕拉幾下二胡，剛拉一個開頭就聽有人喊：「所有人都到會議廳聚集，到點了，快一點。有理無理都要在法庭說……」

鄉親們知道喊話的人是毛庭長，他今天穿了一身嶄新的法官服裝，他見時間到了八點，就召集人聚集在會議廳。當鄉親們陸陸續續進了法庭後，毛庭長四下環視，見審判長和書記員都已坐好，雙方律師和原被告也坐在自己的位置上，他見時機已到便高聲宣佈：「老樂狀告二狗侵犯名譽權案現在開庭！」

旁聽席上，鄉親們摒住呼吸誰也不敢吭聲，平時他們誰也不能到法庭來看一看不知這裏的威嚴，現在看到毛庭長正襟威坐，威風凜凜地高聲宣佈，他們一個個嚇得心裏發慌，恨不得罪犯都怕法官，原來當法官有如此神氣。再看二狗和老樂都挺胸抬頭，瞎老樂的頭比二狗高一截，看來他今天肯定能贏，也該老樂走運了。鄉親們一個個睜大雙眼注視著前方，觀看法官們的表演。

毛庭長的聲音又傳了過來：「原告，男，五十八歲，滿族，歪曲村人，農民兼民間藝術家。」

毛庭長停頓了一下，又接著說：「被告，二狗，男，三十九歲，漢族，歪曲村人，村長兼養雞專業戶。」

這時毛庭長把頭抬得挺高，繼續宣讀案由：「兩人是隱私權之爭……」毛庭長分別對當事人進行調查詢問，讓老樂陳述理由，然後由二狗辯護，一切井井有條，但都是毛庭長詢問，老樂和二狗答，鄉親們只有聽的份。

法庭寂靜，只有毛庭長一個人的聲音，他威風凜凜地望著眼前的鄉親們，然後對著老樂的律師陳列說：「請原告律師陳述理由。」

「謝謝審判長給我這樣一個機會。」陳列一上臺就朝眾人掃了一眼，然後對毛庭長表示謝意，這才坐到他的律師位置上鄭重其事地說：「審判長，請允許我以律師身分為我的當事人辯護，你們都看見了，我的當事人是一位盲人，他平時接觸的人很多，但他能記下來的不多。我的意思是，他只有靠耳朵靠聽覺與人交際，因此二狗村長說他與馬丫有染的話是不對的，是侵犯了老樂同志的隱私權。這是無法更改的事實……」

陳列律師舉一反三，將二狗那些言過其實的話統統敘述一遍，惹得二狗的律師不等審判長讓發言說迫不及待地辯解著：「我不同意原告律師的辯解，別看原告是一個盲人，他也是一個正常人，也是有七情六慾的人，所以說盲人不能與正常人交際是站不住腳的。人與人之間互相說什麼，甚至互相說長道短，這是很正常的交際方式，你不說他他就說你，為什麼要惹事生非呢？」

這時陳列律師抓住理由問著：「你說誰惹事生非？」

「原告不要搶話聽被告律師說，一個個來辯解。」毛庭長再一次將法庭掀起的硝煙吹跑了。

可是進入辯論階段後，雙方律師唇槍舌劍你來我往互不相讓。小小法庭如同戰場，四面狼煙任誰也難招架，他們雙方都以為是自己對，以為自己是勝利的一方。

毛庭長靜靜地傾聽雙方律師的辯解，不時不失時機地詢問原告可是事實，又問被告可有異議，等到雙方辯得難解難分時他便宣佈休庭。

緊張的鄉親們一下子得到釋放，湊在一起議論誰有理誰沒理，可是他們覺得聽來聽去聽不出個數呢？怎麼越聽越覺得雙方都有理由呢？於是有人說：「啥叫理呀？衙門口朝南開，有理沒錢別進來。這理呀都在法官手裏，他們說誰有理誰就有理，說誰輸誰就輸，誰輸誰贏全憑法官一句話。」

毛庭長聽之任之，召集法官去合議廳商量著。

二狗和老樂誰也不說話，他們和律師一樣都在焦急地等待法庭的最後判決。小樂作為特殊證明人始終不離老樂左右，稍有風吹草動就向老樂通報情況，於是老樂成為中心人物，小樂成了鄉親們關注的焦點。大家有事沒事都問小樂，讓他多多打聽一些法官們的情況，小樂欣然而為。

此刻，在一間小屋子裏，全體合議廳正在討論誰輸誰贏。

毛庭長說：「根據雙方爭議，二狗侵權是事實，但他是村長，既要顧及他在群眾中的威信，也要顧及他的影響，讓他當面賠理道歉就行了。」

另一個法官說：「這樣太便宜二狗了，老樂也不會同意，一點賠償也沒有，這場官司不是白打了嗎？我們應該支持老百姓的行為，這也是民告官的典範案件。有些人你別給他們好臉色，一天到晚什麼也不做，就知道害人。什麼張家長李家短，胡作非為，說出的話不如狗放個屁，就是想混人家酒喝。所以我們打這場官司目的就是為了教育人遵紀守法，做一個好公民。」

毛庭長接著說：「讓二狗補償精神損失費是應該的，即使老樂不要也得給，這是法庭的尊嚴，也是我們在公正執法。現在的問題是二狗有意再把事態鬧大。」

另一個法官說：「他敢？我們沒有追究他的法律責任就已對他開恩了，若是不服我們再審。」

毛庭長點了一下頭又說：「也是，二狗還有其他問題，這裏涉及個人隱私我們就不在此公開了，但我們法庭要把握，不能冤枉好人也不能放跑壞人，這些事都屬於人民內部矛盾，就這樣輕辦吧。」

幾個法官陪同毛庭長相繼從小屋子裏走出來，四下分散的鄉親們再次聚精會神聽毛庭長當堂宣判：

「根據憲法第三十八條規定，中華人民共和國公民的人格尊嚴不受侵犯，禁止用任何方法對公民進行侮辱、誹謗和誣告陷害。經本庭調查，老樂狀告二狗名譽侵權案，經核實核准，查實事出有因，二狗侵權成立。但念他認錯態度好，本庭判決二狗當面致歉，並負擔所有費用及精神損害費……」

二狗靜靜地等待宣判，聽著聽著他忽然吼起來：「憑什麼判我輸？」

老樂一聽就急眼了，舉棍就打，口裏陣陣有詞：「你不輸誰輸？」

二狗躲開棍子，撲向毛庭長質問著：「你們憑什麼這樣判？我不就是多說了一句話嗎？還值得動用法律，我是村長是黨員幹部，這讓我以後如何工作？如何面對鄉親們？」

二狗還想說什麼，猛抬頭忽然看見馬丫正與毛庭長說什麼，他像洩了氣的皮球一下子就堆了。

毛庭長藉機教訓他說：「就因為你是村長，說話一定要注意影響，隨便亂說絕對不行。其實你閒著沒事，做點別的工作，別成天總議論別人。一個思想健全的人，誰願意讓你整天把他掛在嘴上戲耍呢？不是鹹了就是淡了。想說話，自己起頭，何必總跟人家過不去？再說了，你議論別人就不怕別人議論你？常言說的好，笑話人不如人，假如是一個長舌婦鬧一陣也就算了，可你是村長是黨員，身上有職務肩上有擔子，責任在身怎能隨波逐流亂議論呢？弄急了人家告你侵犯名譽權這是何必呢？」

「我也沒有說他什麼呀？不就是一句話嗎？」二狗不服繼續辯解。

毛庭趁機推了他一下，怒吼著：「你若不服，十五天內向市法院上訴，退庭。」

「老樂叔你贏了。」鄉親們忽啦啦將老樂圍起來，他們想不到一個老瞎子居然打贏了這場官司，這對山裏人來說簡直是開天之舉，是從來沒有過的事，鄉親們高興，馬丫高興，老樂也高興。激動之餘，老樂拽過二胡當場拉了一曲《小拜年》，味正腔圓，盪氣迴腸。

小樂也是興奮，拉過馬丫向鄉親們宣佈：「下一個節目由馬丫和老樂聯唱《月牙五更》，二胡獨奏——老樂。」

鄉親們使勁鼓掌，為馬丫，為老樂，為這一帶的父老鄉親。唯有二狗不是滋味地站在那裏，他看看這個看看那個，滿臉無奈，不得不悄悄離開歡喜的人群。

後來，老樂和馬丫成立一個戲班子，由老中青三代人輪流演出，他們的拿手戲就是《隱私權》。劇團所到之處，觀眾們爭先觀看。一位從不出門的老太太逢人就說：「想不到一句話就能惹官司，看起來這隱私權真的不容侵犯。」

老樂一聽接著說：「那是，不然我也不會打官司。」

不歸路

李希望正在看考試資料，還有一學期李希望就要畢業了，為了在畢業前有一個好成績，李希望決定在這學期加班加點。就在這時，忽然來了一個女人，她一邁進屋子就把坤包一扔，外衣一脫，爬上床叫喊起來：「你快給我踩踩，都快把我累死了！」

李希望認識這個女人，她是李希望這裏的常客，李希望知道她來這裏幹什麼，因為每次來這裏她都這樣，先請李希望給她踩踩然後再安排其他節目，至於什麼樣的節目是看情緒而定。

為了錢，李希望的服務是到位的，他千方百計讓顧客滿意，尤其是讓眼前這個女人滿意。女人果然滿意，臨走時極其大方地將一捆票子朝李希望床鋪一扔，笑顏逐開地說：「這是小意思，下次如果服務得好我會給得更多。」於是，李希望與她就混熟了。

大學生做生意是不容易的，首先是他們不懂生活，以為賺錢是第一位的，殊不知這裏有極其深刻的學問。比如眼前這個女人就極不一般，其實這個女人來這裏不止一次了，當她第一次來這裏時，李希望就知道自己與她早晚會發生點什麼，即使是另外一個女孩子，李希望也是會與她們發生什麼的，何況現階段的人比較開放，尤其大學生對性的問題更是開放，在他們看來男女發生肉體接觸是極其正常的，不接觸才是不正常的。

對於眼前這個女人，李希望是想方設法賺她的錢，也想方設法賺她的人，因為李希望一看見她的乳房就想入非非，她的乳房極特殊，這是李希望看見最大最漂亮的。聲明一下，李希望不是沒事看女孩子乳房的男子漢，李希望是一個既會控制自己也能控制別人的人，如果李希望不想做那些事，什麼樣的人也是拿李希望沒辦法。

那天這女人來時，起初李希望沒在意，一個比李希望大不了幾歲的女人有什麼了不起，何況她長得也不是最漂亮的。李希望坐在那裏仍舊看書，這個女人就來了氣，她見李希望沒理她便叫喊著：「你是不是服務生？為什麼來了客人也不打招呼？」

李希望說：「我是服務生，可我是按摩的，不是你家裏的小貓小狗，叫來叫去的。」

女人見李希望不理她，眼珠子一轉，忽然提出一個要求：「我按摩可以嗎？」

李希望說：「既然如此，按勞取酬就是了，而且你還需要付小費。」

女人一聽，臉上馬上有了笑容，她順水推舟地說：「不就是錢嗎？這好辦。咱們有言在先，如果你服務得好我給錢，如果服務得不好或不到位我可不給錢，怎麼樣？」

李希望說：「在我這裏服務沒有不到位的，你就放心吧。」

於是李希望就請她臉朝地躺下，開始為她按摩。先是背，後是腿，然後是上身。

女人靜靜地躺在床上接受按摩，李希望的手在她富有彈性的肉體上輕輕按摩著，她的感覺如同接受一場春雨渾身暢快淋漓。不知為什麼，就在李希望聚精會神按摩時，她忽然翻過身子提出要求，讓李希望為她的胸部按摩，也就是說她讓李希望揉她的乳房。

這下李希望傻眼了，因為李希望從來沒有如此膽量來按摩一個女人的乳房。現在這個女人提出如此要求，這讓他有些吃驚，社會的變化大得讓他認不出來了，人們都在想什麼？李希望站在那裏發呆，手不知不覺就停滯不前，恰巧觸在女人的乳房旁。

女人動了一下身子斥責著：「你怎麼不動啊？你不是按摩的嗎？為什麼不敢按摩了？你怕女人嗎？」

李希望一聽，心想，哪有這樣的女人，真是欺人欺到家了。李希望怒吼著：「誰說我不敢按摩了？誰說我怕女人了？不就是想方設法讓我摸索你嗎？」

惱怒之下，李希望的手狠狠地在女人的乳房上抓捏起來，也許李希望弄疼了女人，只聽她輕輕呻吟著，然後無事一樣享受著李希望對她的按摩。

說實話，長這樣大，李希望還是第一次直截了當碰女人的乳房，這一碰居然讓李希望感受到一種異樣的感覺，這是李希望從來沒有過的感覺，這種感覺至今讓李希望想起來都有些恐慌。以前李希望對女孩子總是想入非非，甚至想方設法想與她們接近，可是結果總是不如人意，女孩子沒有一個讓李希望主動碰的，這也是李希望至今喜歡撫摸女孩子的原因。

現在這個女人躺在這裏讓李希望撫摸，讓李希望知道了女人的乳房是怎麼一回事。李希望假裝不懂地抓緊一下，然後再抓緊一下，輕輕感覺著。女人的乳房真的挺大，而且挺拔著，如同棉花一樣軟軟的。李希望輕輕揉著，輕輕揉著。

女人極其舒服地躺在那裏，享受著李希望對她的溫柔。李希望以為按摩完了她就會離開，可是女人並沒有走的意思，相反，她在有意讓李希望按摩她的大腿，還把自己脫個乾淨。這下李希望有些驚惶失措了。碰女人的乳房李希望敢，可是讓李希望如此看女人的身子李希望可沒這膽量了。

望著白條豬一樣的肉體，李希望對女人說：「請你穿上衣服吧，我這裏不是洗澡間，讓人看見還以為我強姦了你呢。」

女人笑顏逐開地說：「你這個小傻瓜，你不強姦我我可想強姦你，你沒看見姑奶奶想幹什麼嗎？」

李希望說：「你想幹什麼？」

她挑逗地說：「我就想讓你給我在裏面按按摩，你不會拒絕吧？」她指了指她的腿間。

李希望當然知道她想幹什麼，甚至抬頭看了看那個地方。李希望發現她的腿間有一個黑色的部位，四面八方長滿了草，而且還有一個防空洞，這時李希望才知道那是什麼地方。以前只知女人有乳房，卻不知女人還有如此神秘的地方。李希望驚奇地看著，忘記了按摩。

女人趁機在李希望的身上按摩起來，她說：「剛才是你給我按摩，現在是我給你按摩，咱們玩一個互相幫助。」

李希望本來是想趕她走的，結果李希望被她利用了，她的手居然掏住了李希望的軟體，李希望一下子定在了那裏。任憑女人對李希望的撫摸，這時李希望忽然渾身燥熱起來。

眼前畢竟是一個赤膊上陣的女人，如果有任何一個男子能逃離這慾望，李希望服他，可是現在的李希望是抵抗不了這個女人的瘋狂了，李希望的軟體被她攥直了，而且而且她忽然摟緊李希望將李希望壓在她的身下。李希望忽然覺得自己的軟體直截了當進入了一個熱呼呼的體內，還沒等李希望反應她就開始了蠕動。女人的瘋狂讓李希望有些暈頭轉向，李希望在她的身下透不過氣來，可是李希望又感到自己的體內有一股潮流湧現著，甚至有些興奮。

隨著女人的不停蠕動，李希望的體內也是沸騰著，興奮之餘，李希望咬了一下女人的乳頭，竟然擠出了一股奶水，李希望想起了小時侯的樣子使勁吸起來，李希望發現女人更加瘋狂了。李希望知道自己在幹什麼，這是李希望和女人第一次發生性關係，折騰了一個小時後，女人終於如同一堆軟棉花一樣癱瘓在床上。

這時，李希望才發現自己的下身潮濕著，李希望的軟體沾著一絲血跡，李希望知道那是女人體內的東西，李希望以為是自己弄的，慌忙爬起來心有餘悸望著她。李希望是想和女孩子發生肉體關係，可是李希望沒想到這事發展的居然如此快速，讓李希望連喘息的時間都沒有，這事就來了。

李希望是醫學院本科大學生，為了完成性學畢業論文，李希望決定在這裏開辦一個診所。因為在此之前，李希望有一個撫摸女孩子的毛病，經常利用休息時間招呼一些同學聚集在一起，並且為李希望的診所增加服務專案，給人紋身並加上按摩，同時悄悄接收幾個女同學當小姐，一個現代規模的小診所就算開張了。

起初沒有人來，他們都以為這是李希望弄虛作假或異想天開，然而由於他們好奇，漸漸地有人開始往這裏散步了。由於李希望的存在，來這裏的女孩子特別多，忙得李希望照顧不過來她們。沒辦法，李希望只好叫上幾個男同學陪同著，偶爾還有幾個老闆和富商來這裏光臨，生意終於興旺起來了。沒想到今天居然來了這樣一個女人，而且還需要李希望的性服務，李希望感受到這個女人的要求過格了，而李希望也是犯了錯誤。

李希望像一個犯錯的小孩子，站在那裏聽從女人的批評。

可是女人異常興奮，她一邊穿衣服一邊對李希望說：「你別害怕，我們這是互相按摩，以後我會常來這裏的。你不說別人也不知道，咱們就這樣定了，以後我還需要你的，你不需要我嗎？」

想起女人壓住李希望的情形，李希望的確有一種舒服的感覺，於是李希望點了點頭。

女人從她的手提包裏抽出一疊票子扔給李希望，溫柔而又輕聲地說：「真的很感謝你的按摩，我會記住你的服務，再見。」女人吻了李希望一下，就走了。

女人如願以償走了之後，李希望仍舊站在那裏發呆，也許李希望在回顧剛才的事是不是有些來得太快了。李希望不知自己的這種行為是對還是錯。如果說是對的，李希望心甘情願；如果說是錯的，錯不在李希望，都是女人的錯。可是這是什麼樣的行為呢？難道說與李希望一點關係都沒有嗎？人家讓你做你就做，何況讓你做的女人是陌生的，莫非一點廉恥心也沒有嗎？

女人走了很久，李希望仍舊站在原處發呆，好久好久他才徹頭徹尾地醒悟著。他忽然感到了問題的嚴重，按摩這行業本身是好事，是應當受到關注的，可是如果摻雜了男女私心雜念就不是想像的那麼回事了。雖然現階段屬於按摩，但追究起來這算什麼呀？女孩子來這裏是為了享受，她們都是李希望的同學，彼此還有深情厚誼，即使發生了一夜情，那也是心甘情願。可是這個女人她來這裏是為了什麼？她與李希望素不相識，見面什麼話也沒有，甚至連一句關心的問候也不說就發生了這種事。是她有錢嗎？還是有錢的女人都這樣？如果再來的女人也提出這種要求怎麼辦？

望著床鋪上的錢，李希望心有餘悸，這事讓別人知道了怎麼辦？李希望希望這個女人不要再來了，不要一錯再錯，甚至連李希望也要跟隨著錯下去，雙方還是見好就收吧，不要越陷越深。

這一天，李希望早早關了門，李希望洗了澡，李希望想洗掉女人帶給李希望的騷氣，洗掉女人留在李希望體內的所有晦氣。這一天，李希望在洗澡間待了整整一夜，即使是最好的女同學來找李希望，李希望也沒為她們開門。

洗臉間內，水嘩嘩流著，從李希望的臉上流下來，順著肩膀往下流直流到腳下。這時的李希望聚精會神，他在反思，他在清洗，同時他也冷靜思索著。他希望這樣的女人不要再來了。雖然社會到了開放的時侯，甚至同學之間可以結婚，可以同居，還可以生孩子，可是這樣的開放對李希望來說是一遭罪。

李希望是一個小城區的孩子，考上大學很不容易，李希望的父母早就希望李希望學成回家，為他們爭光，可是李希望這樣與女人來往算什麼事啊？李希望有些自卑，如果不來上學就好了，就不會發生這種事。可是大學生又不是李希望一個人，學校又不是僅此一家，成千上萬的大學生有幾個是李希望這樣的？

李希望就這樣默默無聞躲藏在洗臉間裏洗滌著，這時侯他真的是羞愧見人，簡直是無地自容。有時走出浴池又走進去，甚至連續幾天他都在清洗，李希望想好好洗滌一下自己的腦子，讓自己重新振奮起來，再也不要搞這種事了，再也不能讓自己墮落了。然而，李希望的想法雖然好，但女人還是如約而至，就在李希望把她忘記的一天上午，女人真的來了。

她一來仍像第一次來一樣，趴在床鋪上叫喊著：「快給我按摩吧，我都要快累死了。」

李希望說：「我今天不按摩。」李希望再三強調他要看書要考試。

可是女人是有了充分準備的，她悻悻地說：「你考你的，我按摩我的。我不是說了嗎，咱們這是互相按摩。再說了，你不是需要學費嗎？」

李希望說：「我是需要學費，可是沒有這麼掙法的，難道說你讓我出賣肉體嗎？」

女人說：「不是出賣肉體，是我們互相按摩，我們也不是第一次做，就算你幫我一個忙行嗎？」

李希望說：「幫忙可以，但你不能如此橫行霸道哇？」

女人見風使舵慌忙說：「好好好，是我的錯，向你道歉了，快來吧。」

女人說著朝李希望拋了一個媚眼，李希望感到這目光如此熟悉，這樣的目光他不止一次看見過。不知為什麼，他忽然想起了第一次發生的事，臉馬上燒得紅紅的。

女人靜靜臥在床上，她以為自己與眼前這個男人是熟悉的，所以她對他的要求似乎有些過硬。然而對於李希望來說，眼前的情景讓他有些難做人，雖然他熟悉這個女人，但至今李希望不知道她姓氏名誰、叫什麼、是哪裏人，只知她是一個有錢人。可是有錢人都是這樣嗎？李希望知道她這樣早來這裏幹什麼，有錢的女人都想方設法在外面找對象，莫非女人相中自己了？

李希望對自己產生了懷疑，為賺錢只好爬上床鋪為她按摩，同時把那本複習資料扔掉。也許著急，那本書扔在她的頭前，險些沒有砸破她的腦袋。

李希望靈機一動便順水推舟地說：「你趴在那裏挺寂寞的，就先讀讀書吧，也許對你也是有用的。」

不料，她把書一扔，對李希望振振有詞地說：「你的書對我能有什麼用？老娘請你來是幹什麼的？不是來玩的嗎？既然如此，請你使勁幹，老娘有都是錢。如果是你的肉體對我還有那麼一點用處，否則我到你這裏幹什麼？」

李希望一聽馬上拉下臉來，因為李希望感受到了自己的人格受到了污蔑，李希望對她說：「不要以為你是有錢人我就高看你一眼，說實話，你在我的眼裏狗屁不是。」

李希望邊說邊踩在她的後腰上，這一踩如同踩在一堆軟棉花團上，渾身都輕鬆起來。李希望想像著，如果他有女朋友她知道這事後會怎麼樣，她會不會為李希望的設想而高興。馬上就要有錢了，李希望有些妄自尊大，情不自禁加速了動作。一不小心踩痛了女人的腰。李希望慌忙道歉：「對不起是我的錯，我走神了。」李希望以為女人會說沒關係，然後就把這事了結，誰知事與願違。

被踩痛了腰的女人不讓了，她聲嘶力竭朝李希望怒吼起來：「你這樣踩是按摩嗎？你是怎麼為我服務的？你還想不想要小費？你為什麼走神？為什麼亂七八糟踩人？這是按摩嗎？簡直是在跳蹦極，你拿我取樂呢？你應當像第一次那樣輕輕地跳動，輕輕地按摩。」

女人氣急敗壞朝李希望叫喊著，可是她也是叫喊而已，在這裏李希望是主人。

「不是這樣應當怎麼樣呢？」李希望心煩意亂反問著。

在這種場合，他的男子漢自尊心受到了空前傷害，忍無可忍地反問著：「你說我應當怎麼樣按摩？」

李希望的話讓女人聽了一愣，她眨眨眼睛似乎想起了什麼，沉靜了許久。這一刻，讓李希望看到了希望，女人忽然心血來潮騰地跳起來，對李希望說：「你先委屈一下，看我是怎麼給你按摩的？」

李希望聽話地躲在旁邊，女人把李希望按倒，請他趴在床鋪上，然後她跳上按摩架子上，輕輕地為李希望按摩，這一連續性動作讓李希望大開眼界。

李希望馬上就感受到一股輕快的感覺襲來了，而且她的腳踩得李希望前胸後腰的舒服，尤其是她那一下一下的踩點，居然讓李希望有一種性意識。緊接著李希望感到自己的軟體似乎在勃起，李希望暈呼呼地說：「你真會按摩。」

女人見李希望的軟體在勃起，就下意識地說：「你真沒出息，剛剛整了幾下就這樣了，一會兒你怎麼給我按摩？告訴你，今天若是整不舒服老娘，我今天不走了！」

李希望馬上知道發生了什麼事，這不是一個善主，於是李希望再次跳上架子上進行輕輕按摩，女人這才在李希望的極其照顧下進入了夢鄉中。

過了一會兒，女人忽然翻過身來，對李希望展開笑顏地說：「你能不能用手給我按摩，我喜歡你撫摸我，這種感覺好極了，其妙無比，只要你服務得好，我多給錢。」

女人說著就將她的上衣脫了下來，她這時只有一件襯衫穿在了身上，李希望看見她那兩隻肥大的乳房在襯衫裹滾動著，真的是雪白雪白的好晃眼，剛剛被她按摩的軟體再次勃脹起來。

女人見李希望如此便有意靠近李希望，輕輕地對李希望說：「這樣極好，讓我為你按摩吧。」女人的手就在李希望的身上橫行霸道起來，她的手撫摸到哪個地方哪個地方就有一種癢癢的感覺，李希望如同處在一種夢境裏。女人將李希望扳倒，開始按摩李希望的大腿，然後一下一下對李希望的軟體部分進行按摩。她按一下，李希望那軟體就動一下，這感覺極好，而且有了一種馬上進行性交的慾望。

李希望乘機試探地撫摸了一下女人的腰，見她沒有什麼反應再次撫摸了她的乳房。

這一下女人朝李希望笑了笑，對李希望說：「這樣極好，再來一次吧。」

李希望膽量大了起來，猛地把她扳倒，然後騎馬似地把她放在李希望的身下。李希望的大膽和粗暴讓女人嚇了一跳，當她明白李希望想幹什麼時馬上把李希望摟得緊緊的，嘴裏喃喃地說：「這樣極好，這樣極好，我就喜歡這樣。」

李希望雖然來了情緒，可是李希望並不想馬上就與她進行性交，李希望想讓她求自己，讓她渾身上下如火在燃燒。果然，當李希望讓她把衣服脫下時，她有些受不了，輕輕催促李希望：「快點吧，你想把我燒死呀？」

李希望說：「你把衣服脫下來吧，不然我不舒服。」

女人眉飛色舞對李希望說：「看你小，卻比所有男人都有經驗。好吧，就這樣依你。」

女人脫了衣服，渾身如同雪山的白羊，更像一汪牛奶灘在那裏，看著這樣的女人，任何男人都會情不自禁撲上去。李希望也是如此，迫不及待撲上去，眼見著這汪牛奶就被李希望撲碎了。

李希望強有力的體魄讓女人興奮，她摟緊李希望的腰，興高采烈地說：「用力吧，我喜歡你這樣的猛男人，再深些！快，再深些！用力啊……」

有了女人的鼓勵，李希望用盡了男子漢所有的力量，將她幹得直呻吟。興奮之餘，她掏出了一堆票子扔在床鋪上激勵李希望說：「看見沒有？這些都是給你的，只要你使勁幹，我就給不完的錢。幹吧，我接著呢，你這小子像一把火爐快把我燒毀了。」

李希望這才知道自己原來有這樣一個愛好，看來以後應當利用這一特殊性愛好。於是，李希望用盡全力對準女人猛烈壓去，李希望聽見女人在他身下叫喊的聲音，與此同時，李希望聽見了一種來自李希望體內的熱流直截了當朝女人沖騰，李希望感到身下的女人摟住李希望，發生了劇烈的瘋狂，她進入了高潮。而李希望是第一次直截了當與女人面對面做這種事，李希望記得上次是女人在上他在下，這次卻不同了，是女人在下他在上。李希望集中身上所有男子漢的力量朝女人傾瀉，頭一次感到男子漢的威風凜凜，頭一次享受到了女人的身體原來是如此妙趣橫生，頭一次感受到女人讓李希望渾身上下發揮得淋漓盡致，痛快極了。

李希望情不自禁抱緊女人，與她溶在了一起……

自從李希望與女人有了兩次這樣的肉體關係後，李希望與女人之間的關係就不是一般關係了。雖然這個女人不常來，但來了就要迫不及待做那事，每次李希望都要滿足她。有時她來了就不走，趴在床上讓李希望按摩，甚至一天需要按摩三四次。李希望不知她哪裏來的精力，每次都讓李希望使勁幹，累得他筋疲力盡，可是她還是不肯讓李希望休息，給李希望吃一種藥。

記得有一次李希望對她說：「我要考試了，這幾天我要複習，你能不能少來幾趟？」

女人笑顏逐開地說：「你是知道的，我離不開男人，有你這樣的男子漢在我身邊我能少來嗎？再說了，你那些東西讓我舒服，我怎能捨近求遠呢？」

李希望說：「你買一個女性伺服器吧，那東西比男人的東西還管用。」

女人又說：「我不是沒用過，可是與你比起來，那些東西差遠了，何況那些東西不流水。你知道嗎，我喜歡的就是從你那裏流出來的東西啊！那些東西才是我生命中最大的需要！」

女人看李希望為難，又說：「這樣吧，你要考試你就考試，我不找麻煩，這一段時間你就吃些好的，想吃什麼就吃什麼，沒錢我給。」

女人說著又扔過來幾捆票子，李希望知道這些錢至少有三四萬。有這樣一個女人陪，李希望還需要按摩誰呀？還需要再開什麼店啊鋪的？

李希望把女人拉過來對她說：「來吧，我再給你一次。」

女人推開李希望，關心地說：「不要了，你不能過度生活，你現在全力以赴準備考試。完事了咱們好好玩玩。」

女人說完，就走了。李希望坐在床上發了一天呆，不知怎麼樣才能處理好這種事。

果然，女人連續幾天沒有再來，李希望抓緊時間準備考試，可是李希望忽然發現他的下體不舒服了，有時不知不覺間居然悄悄挺拔起來，夜裏常常遺精。李希望這才知道自己也是離不開女人了，於是李希望就想女人什麼時侯能再來。

這幾天李希望幹什麼都沒精打采，神情有些恍惚，似乎總想做那事，學習成績開始下滑了，李希望努力提起精神仍舊無能為力。面對女人，李希望真的是一塌糊塗了。

大概一星期後，女人來了，這次來她給李希望帶來許多好吃的。李希望顧不上吃，馬上把她抱到床上，迫不及待脫下她的褲子就開始做那事。女人起初感到吃驚，等她明白發生了什麼事時，這才摟緊李希望認真地做準備。於是，李希望與女人終於迫不及待進入了夢想中的天堂。

這一次是李希望主動的，女人興奮地享受著李希望帶給她特有的溫存，女人說：「想不到你進步這樣快，早知如此，我真該早些來免得讓你憋得難受。」

李希望說：「我知道了女人的好處，從此我是離不開你了。」

說著，李希望加緊動作把她弄得呻吟起來，她一這樣李希望的動作更加猛烈，雙雙進入了忘我的境界。這一次李希望他們進行得持久而歡樂。好久好久，李希望趴在她身上沒有下來，女人享受著李希望對她的性衝動，同時還把她的乳房對準李希望的嘴使勁擠著，那如自來水一樣的乳汁衝入李希望的口中，讓李希望解渴也讓他激情勃發。李希望翻天覆地把女人弄得高潮跌起。

女人摟著李希望說第一次把她弄得如此舒服，李希望說他也是。女人的臉紅得如同一盆火，燒得李希望渾身放熱。在她的催促下，李希望做著一個又一個熱烈而緊張的動作，女人驚奇得眼睛放光，彷彿不認識李希望似的。她沒有想到短短幾天工夫，李希望會變得如此嫺熟，而且是無師自通，讓她這個一貫以自己玩弄男人最多而自居的人有些望洋興嘆。她沒有想到眼前這個小男子漢居然是性生活的高手，讓她的慾望大大滿足了一回。

夜深了，女人不想走，仍舊讓李希望再溫存她一次。李希望沒有拒絕，這已經是第五次溫存了，女人的要求越來越迫切，而李希望卻有些力不從心了。次數太多了，什麼樣的男人也是受不了的。這就如同桶裏的水滿了水才能溢出來，如果沒有水了還要從裏面往外倒，這就有些強人所難。精滿自流就是這樣的道理，眼前這個女人要求太迫切了，看來像她這樣的女人，就算有五個男人也伺侯不了她。

女人又把她帶來的藥讓李希望吃，沒辦法，李希望只好吃了，然後與她翻雲覆雨起來。這時李希望忘記了學習，忘記了一切，除了吃就是與女人發生著肉體關係，直到弄得女人筋疲力盡她才睡著。這時的李希望如同一隻小鳥落在了水裏，撲愣一陣翅膀後想飛也飛不動了，只好臥在床上進入了夢鄉。

這一夜，李希望睡得很死。第二天醒來時發現女人已經走了，床鋪上有一捆錢，李希望把錢往地下一摔叫喊著：「媽的，又是錢！難道就不能來點其他的什麼節目？」

由於有了女人的滋補，李希望的情緒漸漸穩定下來，滿面春風迎接考試。這期間女人來了幾次，每次來都帶來許多好吃的，有外國的洋白菜，還有中國的土特產，最時興的就是刺激人性欲的藥酒。

女人說：「你喝吧，保證讓你神乎其神。」

李希望說：「什麼藥有這種力量？」

其實李希望不吃藥也是幹勁十足的，女人笑顏逐開。趁著酒力和藥力，李希望他們又開始了風雨同舟。李希望知道他們的日子不會長久，考試完工後，李希望就要回到家鄉，畢業分配李希望是留不下來的。於是與女人交際中，李希望還保留著他的一點尊嚴。

女人似乎知道李希望的心事，她對李希望說：「你不要為自己的前程著想了，你的生活就是與我在一起，有我在就有你的前程在，我們現在不是挺好的嗎？」

李希望疑惑，李希望現在最重要的是文憑，如果拿不到畢業證書，他的所有一切都將化為烏有，再說沒有工作，他怎能養他的父母呢？

女人興奮地告訴李希望她有一個公司，只要李希望不嫌棄她可以交給李希望來管理，但必須拿到畢業文憑。李希望這才恍然大悟。鬧了半天，李希望還不知她是幹什麼的。

李希望對她說：「拿文憑是不愁的，最大的憂愁就是分配問題。」

女人說「這沒問題，我的公司就是你的公司，你願意幹什麼就幹什麼。」

李希望說：「有這樣簡單嗎？」

李希望第一次在床上和女人談了他的前途，李希望感到他與她談話的時侯，李希望那東西在疲軟。女人一面與他說著一面不時地蠕動著，看來她還需要李希望的猛烈。

女人說：「就你現在的心理是不可能成什麼事的，你只有與我在一起才能得到你想要的東西。我是你的天我是你的地，離開我你什麼也做不成。」

李希望反駁著：「這可不一定，沒準我比你強多了，你的企業將來就是我的，不信你試試。」

女人興高采烈摟緊李希望說：「我早就想找這樣一個人幫助我奪回我的財產。」

於是女人對李希望講述了她的經歷。她原來也是這個學校的大學生，因為一個富商的兒子看上了她就提前退學了。沒想到她結婚不久，她的丈夫就發生車禍死了，留下她孤伶伶的。後來又被富商佔有，懷了孩子，她想死。可是就在她想死的那天，她靈機一動決定找一個心裏喜歡的男人，哪怕發生一次關係她也心甘情願，於是就碰上了李希望。

原來如此，李希望受到了感動，女人的背後原來有這樣深的感情故事。李希望一把摟緊她，大聲地說：「你放心，有我在就有你在。」

這一晚李希望和女人談了許多，都是有關她的事情，李希望充分顯示出男子漢的氣慨，決定幫她奪回財產，幫助她奪取女人應當得到的一切東西。

有了這樣的精神動力，李希望的學習突飛猛進，考試成績單科科優美。畢業時，同學們都在想方設法找對象或找關係，唯獨女人來了，親自開車將李希望接走。當同學們還需要四處求職時，李希望已經在一家富有企業當總經理了，每天享受著車接車送的待遇。

這時李希望才真正知道女人的父親是外商，她家的財產相當李希望他們一個省的總產值，李希望在這樣的環境裏能生存嗎？李希望為自己的前程擔憂，更為自己的能力憂心如焚。女人把李希望帶到了一個高地，可李希望面對這塊高地有些力不從心。李希望是學醫的，現在到處都有人在談搞活經濟，李希望會搞活經濟嗎？能幫助她奪回財產嗎？李希望對自己有些不信任，同時對這個女人也產生了懷疑，他想起與女人交往不久就開始這樣做，是不是有些不道德？如果以後發生什麼事會不會牽涉到他自己？會不會發生人命案件？這可是幫助人家爭財產的事，李希望不想參加又不得不防。

女人到底是女人，總是有一些天真和自信，她似乎看出了李希望的想法，斬釘截鐵地對李希望說：「你盡可能放心，這裏的所有一切都有我說了算。如果他不死，這些財產仍舊屬於他們，如果他死了，這些財產就歸我支配，你現在的任務就是幫助我管理，其他不用你操心！」

聽了女人的話後，李希望當然明白女人是什麼意思，也就是說女人若想奪取財產，首先要讓她的公公，也就是那個富商在這個世界上消失。明白這點後，李希望嚇得渾身上下都在哆嗦。

這個女人太可怕了，為了奪取財產竟敢謀害公公，李希望懷疑她的丈夫是不是也是她謀害的。李希望覺得他有必要勸告女人不要有野心，要和平共處。於是，李希望找了一個機會勸告女人，他說現在生活水準提高了何必費盡心機害人呢？可是女人不聽李希望的勸告，說他是貓抓耗子多管閒事，甚至有些歇斯底里叫喊著，然後趾高氣揚離李希望而去。

望著她的背影，李希望心有餘悸。如果事與願違，李希望也是救不了她的。於是，李希望也想離開這裏，離開是非之地。可是還沒等李希望付出行動就發生了意外，李希望公司的老闆被人殺了，他的屍體就在他的辦公室裏藏了一個多月，如果不是國外有人來查找，誰也不會想到會有此事發生。

為了追查兇手，女人被公安局拘留了，員警懷疑她殺了她的公公，而且還需要李希望做證明人。放下手裏所有事情，李希望快馬加鞭到了公安局。

在一間屋子裏，一個叫宏觀的警官問李希望：「伊拉克女士是你的朋友嗎？」

李希望當時一愣神，員警這樣問李希望有些莫名其妙，李希望反問：「誰叫伊拉克女士？我怎麼不知道有這樣的名字？」

宏觀說：「伊拉克女士你認識吧？就是與你在一起的那個女老闆。有人懷疑是她殺了你們公司的懂事長，現場只有她一個人的指紋。你與她關係密切，一定知道一些有關她的情況，請配合我們警方工作。」

李希望聽後心裏不安，這個女人怎能幹出這種事來，如果真是她殺了人，神仙也救不了她。李希望對警官說：「其實我跟她也沒什麼，除了彼此發生肉體接觸外，其他的事我是一概不知。不過，她想奪取財產這確是事實。」

警官說：「這就是她的殺人動機，感謝你的揭發，如果沒什麼事你可以走了。」

李希望說：「我這不是揭發，我這是真心誠意幫助你們。至於她到底殺沒殺人，這還需要你們警方調查，別事剛出來就說她殺人，如果不是她你們怎麼樣？」

警官們以為李希望說得有理，再三感謝李希望的幫助後就讓李希望回去了。

路上李希望想了許多，這個叫伊拉克的女士李希望還是頭一次聽說過，她怎能起這樣一個恐怖名字，現在世界上都在反恐，這不是找麻煩嗎？從公安局回來，李希望的電話開始增多，都是打聽伊拉克女士是不是殺人的事，氣得李希望拔掉了電話線。她殺沒殺人與他何干，現在他要做的就是擺脫嫌疑，他再也不能與這樣的女人有任何關係了，否則不但回不了家鄉，還將要受到法律制裁。

李希望本來是想賺到錢後就回家，讓家鄉的父老鄉親都知道他這個大學沒有白上，沒想到為了錢他走上了這樣的一條路，這算什麼路呢？

李希望為自己後悔，也為女人後悔。然而讓李希望一直不理解伊拉克女士為什麼要殺人，難道說她真是為了爭奪財產嗎？她有那麼多財產還不夠嗎？還需要謀害別人生命嗎？

李希望想起來一件事。有一天，伊拉克女士叫李希望陪同她去見她的公公，也是她的懂事長。喝茶時，李希望就看出伊拉克女士往她公公的茶杯裏放了一種什麼藥粉之類的東西，當時李希望就問她這是什麼，她說這是咖啡因。李希望以為老闆是吸毒的，所以並沒有往心裏去，現在看來這是伊拉克女士早就策劃好的，只不過是讓李希望當她的證明人。於是李希望抓起電話打給員警，把李希望的懷疑跟他們講了，他們讓李希望再好好想一想還有沒有其他重要線索，李希望說想好後再打電話吧。就這樣，李希望成了檢舉她的第一人。

三個月後，李希望忽然接到電話，是員警打來的。他們說伊拉克女士想見李希望，問他有沒有時間。

李希望說：「沒時間也要搶時間，她是不是被判死緩了？」

員警說：「可能是吧，到時再說吧。」

李希望知道在電話裏說什麼都白扯，不如見面時再說。放下電話，李希望乘車來到公安局，他們已經把案件移交了，今天是移交的日子。

在一間屋子裏，李希望見到了伊拉克女士。到底是有錢人，她比平時穿得還要好，也許是她最後一天在這裏，公安局的人讓她隨意打扮。見了李希望她先是一驚，然後有些激動想說什麼卻欲言又止。

李希望怕她難過，故意問她怎麼叫這樣的名字。

她笑著說「這重要嗎？這是自己給自己起的名字。現在的人都在反恐，叫伊拉克多時興啊！」她說完就哈哈笑。

李希望的嘴角不由地咧了一下，這時李希望非常痛苦，想不到一個曾經與他睡了這麼久的女人居然與他是同床異夢，看來男人騙女人不好騙，女人騙男人如此容易。

稍許，李希望問她：「你為什麼非要殺了他不可？難道家裏的錢還不夠多嗎？」

伊拉克女士聽了微微一笑，對李希望說：「這個你不懂，女人到了一定地步就不由自己了。我不殺他可以，可是我不殺他，他就要殺你。」

李希望一聽吃驚不小，問她這是為什麼。

她說：「他怕我和你結婚，因為我和你結婚，財產一半要分給你。」

李希望一聽什麼都明白了，伊拉克女士所做的一切都有李希望的原因，看來李希望是脫不了關係了。

李希望問她：「你為什麼非要這樣呢？難道說就沒有別的辦法嗎？」

她一臉苦笑：「我等不及了，是他們把我逼上了梁山。」

她看了看李希望又說：「這樣不是很好嗎？他死了，財產還是我的，即使我死了，財產還是由我支配。可惜你揭發了我，否則你是我財產的繼承人。」

李希望說：「你別作夢了，我不會要你一分錢。但假如有來世，我會娶你。」

這回她哭了，哭得非常傷心，想起李希望和她在床上的事。

李希望也同情起來，為她流下幾滴淚水。

然而她和他的關係到此為止，李希望仍舊走馬觀花無所作為，她仍舊走上了獨木橋，不同的是她走上了不歸路。

吉祥溝

吉祥溝是一個小山溝，有山有水，在這一帶是出了名的。當年知青趙大可來到這裏時就像現在這樣朝前走著，身後是一片旺盛的草地，頭上是一顆永遠不落的太陽。那時侯他就突發奇想，假如有一天他能夠從這裏走出去，他一定努力工作，力爭衣錦還鄉，讓這裏的人看一看當年的知青是沒有忘恩負義，仍舊在想著他們。

這是七月的一個美麗早晨，省新聞社小說編輯趙大同忽然心血來潮，他想到當年下鄉的地方看一看，這是他離開這裏三十年後第一次回來尋根。也許是他當年插隊任過隊長的經歷使他難以忘懷，也許是他耐不住多年來在城裏住的寂寞，這天早晨他走在街頭忽然把手一招就坐上車開往吉祥溝這個地方，尋找當年當知青的豪情。

吉祥溝在這裏是有名的窮山溝，當年他來過這裏，如今他又來這裏，感受不同。瞅一眼山望一眼谷，山還是老山，谷還是老谷，兩片風景區合在一處，於是山谷中漸漸有了雲彩，有了閒情逸致牽引著他思鄉的情緒。

此刻，他沒有驚動任何人，沒有喊山，沒有登山，沒有護山，只有他悄悄地來，悄悄地去。山谷靜靜的，靜得人心裏發毛，連小草都不動不搖，如同死氣沉沉。看到這些景色，他感到茫茫然，無形中為他增添了幾絲悲哀，來之前他可能沒有料到會有這樣的開端。然而，既然來了，就要順其自然，儘管他還不知結局是什麼樣，但他相信結局肯定會十分圓滿。

奔馳的客車終於耐不住旅行的寂寞在小鎮停下了，這裏原來是一個小村子，共有十幾戶人家，沒想到三十年後這裏居然成為一個鎮了，看來這裏還是發展了。再往前走就是一望無際的山脈，也許這是一個晴天，樹不動，影不搖，漫山遍野出奇地靜。遠遠地看山，看谷，恰巧如看一幅美麗的風景畫。

山下有一條彎彎的河，泛著綠色清波繞著山腳轉動，陽光射在水面頓時把世界閃得更加透徹。現階段城裏改革熱火朝天，不斷湧現出幹部下海、作家辦公司，城裏人想方設法到農村去開發，鄉下人想方設法進城來打工，如果把他們相互對調一下也是樂事。雖然是盛夏，早晨的空氣還挺涼爽，只不過這裏是沒有盡頭的山路，他不知還需要走多久。

走在充滿危險的山路上，他的心裏忽然產生了一種恐懼，當年他第一次走這山路時他就是這種心情，想不到三十年後依然如此。在一塊石頭旁邊，他站住了，這裏他曾經來過，而且是與一個女孩子來的。當年的女孩子現在在哪裏？想起她，他的心裏充滿了憧憬，於是他鎮靜地看了看四面八方，看到綠草蓬蓬的山脈上還有數不清的綠色，在這些綠色下面還有數不清的小草，在數不清的徑葉上還有露珠在上面滾動。當有風吹過時，便有遠處的浪漫和草上的偶然，還有那些歷史深處的雲彩輕輕飄蕩。於是他就伴隨遠方的雲彩只管放心而大膽地朝前走，在他的身後是一望無際的崖石和山頂，野花從半坡一直開上山頂，潔白的雲，粉紅的雲，還有淡淡的黃雲，開在山中剎是好看。一股山風吹來，雲花相依滿坡飄香，吸入肺腑裏猶如服了一劑興奮藥精神振奮，漫山遍野的美景看也看不完，瞅也瞅不夠。

在這裏他走了幾年，忽然不走了他有些不大習慣，如今他再次來到這裏走馬觀花，目的還是為了當年那些願望，即使是觀光賞景也是為了探親觀人。然而，吉祥溝的山極高，谷又極深，高中有險，深中有危。人在谷中走，鳥在岸上飛，這群鳥飛來，那群鳥飛去，山溝便在人的盼望中離開了鳥，而那些鳥卻越飛越高越飛遠越飛越深，於是這世界就多了一個仙境，多了一個鳥語花香的吉祥谷。

吉祥谷他來過，每天來這裏的次數幾乎是數不清了，對這裏的所有草木都十分熟悉，可以說是瞭若指掌。從小路繞過吉祥溝，登上山頂，攀上石崖，不用到泰山就可以名正言順地看日出了。

他當知青時與她經常來這裏看日出，不同的是每看一次日出，他和她都有節目發生，這就是他至今仍喜歡吉祥谷的原因。現在當他再次走在這條山路上時，竟有一種居高臨下的感受，這感受讓他多年以後回味過來仍舊是一種享受。

三十年來，他就是這樣一面走著人生之路，一面享受著生命的體驗，然後靜靜的觀看日出。也許他來得太早了，現在還不是觀看日出時間，他越著急，太陽越不肯迅速出來，似乎昨天工作太忙仍舊在睡覺。太陽不出，他心就煩。每天這時，他都要早起然後再睡一個回籠覺，讓自己的神經甜蜜地進入夢鄉中。似乎只有到了這時，他的心才能感到放鬆。

胸中增添了幾分急躁，於是他清清喉嚨，大聲地叫一聲嗓子。這一吼，讓大地輕輕震盪了一下，太陽被吵醒了，懶惰地伸個懶腰，緩緩地爬向天空，於是從山谷到崖頂霎時亮常許多。他忽然感覺四周的綠色漸漸增加，極像一本鋪平的稿紙，他提筆凝神寫出了屬於自己的記憶，用心中的畫筆，靈巧地在人世間這屏畫布上塗抹著新世界的風景。這時，他才認識到自己原來只不過是一隻思鄉的風箏，不論飛到哪裏也斷不了家鄉這條線。

趙大同清楚記得當年這個小山溝不是這個樣子，那個時侯的小山溝還沒有鍋蓋大，從嶺上往下看只不過是一個鍋底坑而已。然而，就這樣一個偏遠的小山溝，一夜之間忽然來了數十位知識青年，年齡都在十七八歲左右，趙大同也在其中，他那時才十六歲。

此前，他從未離開過家門，從未離開過父母，如果不是上山下鄉，他說什麼也不會來到這裏。下了鄉，他看什麼都是一副小心翼翼的樣子。因為長得瘦小，知青們都管他叫瘦猴。別看他瘦小枯乾，腦子裏到處是智慧，知青點裏面的大事小情都有他參與，其他人有什麼事都有他的幫助，吉祥溝幾十戶人家百餘口人也是由他張羅著。

在此之前，吉祥溝這個有幾百人的生產隊卻出了許多奇怪的事。上工時，隊長把人往外一派，幾乎看不見一個人影，為這生出數不清的是非。張家男人鑽進了李家媳婦的被窩，李家男人睡了趙家的女人。隊長是一個狡猾的男人，哪家女人被他看上了哪家爺們就要倒楣。派活時是最遠最累的，直等到日落西山他與女人玩累了也不見那些爺們回來。日子久了，爺們悟出底細，暗中串聯一批人，上冬時突然襲擊改選隊長。可是這個窮鄉僻壤的生產隊長誰當上了都沾腥，隊裏的男人們急了，紛紛揭杆而起，爭先恐後當隊長，因為當上隊長就有女人跟隨著，當不上的來年再努力。

為了爭隊長一職，這個不起眼的小山溝連續幾年出現派系鬥爭，家族矛盾越來越嚴重，這類現象成全了知青們。凡是要求進步的知青和敢說敢做的知青，都被選為大隊或小隊的領導。知青當隊長馬上改組，男女分兩隊，集體出工出力，任何人不允許單獨行動。

這下子山民放心，所有爺們的臉色露出了笑容，吉祥溝的女人不再提心吊膽過日子。年終評先進時，吉祥溝成了精神文明的先進集體。不巧的是，那年冬天趙大同被鄉親們改選，進了產生隊當了隊長，這個連農活都不會做的小知青能當好隊長嗎？當他聽說自己是隊長時，他哭著找到公社要求撤銷決定，可是公社書記說這是大夥選的，他沒有權力撤，於是他哭著上任了。第二天，他做出一個驚天動地的決定——大小勞動力一律上山砍柴！

冬季的吉祥溝天昏人暗，只有下雪時漫山遍野才能白得亮眼，這時的山溝全部籠罩在冬影裏。家家戶戶房頂上飄蕩著縷縷炊煙，那些炊煙如同女孩子頭上的長髮，輕輕飄蕩在晨光中，引得山民們從家門走出來開始清理積雪，一鏟一鏟很快就清出一條通道。這是一條黑黑的通道，在陽光的映照下如同當年打鬼子的戰壕，許多人來回鑽動抱柴波水，還有人餵豬，極其熱鬧。

吉祥溝的晨曦就這樣開始了，趙大同在戰壕裏亮嗓叫喊著：「出工了！出工了！」可是沒有人動，他又叫喊著，還是沒人動。冬季的天冷得邪乎，凍得大地叭叭作響，呼嘯的北風撲在臉上如同刀子一樣，刮得臉皮鑽心地疼。

有一個山民見趙大同站在風雪中不動，很快縮回脖子跑回另一屋子商量對策，他們異口同聲詢問著：「聽不聽這個娃的話？」有經驗的老山民說話了：「話可以不聽，但工還需要出。」於是有猴急的人叫喊著：「上山砍柴嘍！上山砍柴嘍！」

一群人蜂湧而出，他們聚集在一起雄糾糾氣昂昂朝山頂攀登，看陣營豪邁而氣派。這群人上得山來就是一陣亂砍，不論是楊樹還是松樹，只要能夠燒飯就下手。三個小時過去了，天越來越冷，柴越砍越多，鋸聲斧聲在山間回蕩，終年積雪都被震動了。

有人埋怨大冷的天不在家裏貓冬偏來這裏遭受洋罪，趙大同聽到後眼一瞪怒吼著：「你怕錢咬手？」誰怕錢咬手啊？話說到這份上沒有誰敢再說什麼。

趙大同心裏極其複雜，他想讓山民們早些回家，忽然遠處有馬嘶，他知道山民們的賣柴車已經回來了，便有人手拿工具靜靜等待著馬車的到來。果然，在遼闊的山路上，馬車飛奔而來，恰巧停在山民們跟前。不等站穩就有人迎上去，你搬我扛，不一會兒的工夫，平地就突然堆起一座柴山。不等隊長再說什麼，山民們非常自覺地裝車，然後隨車離開。等到這些馬車再回來後，他們就得到了一把票子，各自的臉上露出喜色，扳著趙大同的手興奮地說：「你這樣能耐，到了春天時我們仍舊聽你的。」趙大同的心裏如同抹了一層甜蜜，他趁機找到老知青詢問明年開春的事情。

眨眼間春天就來了，萬物復甦。趙大同興高采烈與山民們趕著牛緩緩地走進山谷，片刻，從山谷中傳來雜亂的牛鈴聲，還有啪啪響的牛鞭聲，以及沉重的牛蹄響和粗獷的吆喝聲，還有那些牛們昂昂的歡叫聲。就在這羊腸小路，牛們緊縮著尾巴擁擠著爬上了山。

這天是沒風沒雨的好晴天，坡谷靜得慘人，坡草極原，牛馬們悠閒的吃草，不時甩幾下尾巴驅逐著身邊的蚊蠅。雖看這裏是一個山谷，這裏已經被知青們開拓出一片果園，人和牛在樹下走過，便有涼爽襲身。牛不肯走，望著樹上的果子讒得直流口水，有的山民便順手折枝抽打牛。誰知不打還好，一打牛性突發，死不肯往前邁步。有人氣不過再打，結果牛急猛向前撞倒趙大同，撒開四蹄朝前狂奔。所有的牛馬看見此景無不心內發毛，撕心裂肺使勁慘叫。趙大同慌忙從地上爬起來喝住牛，同時也止住了憤憤的山民，牛不再狂妄，人也不再狂妄，一切恢復如初。

有了驚天動地的經歷，山民們更知趙大同是一個善良的人，對他越發地擁戴。春播開始時，趙大同曉得露臉的時侯到了，他懷揣柴錢進了城。山民盼望天盼望地，足足等了三天三夜，才見趙大同背著一袋種子回來了。山民們樂著說溝裏溝外種子遍地還愁這一袋子？

趙大同對他們說：「我們要科學種田，什麼賺錢我們種什麼，什麼產量高我們種什麼。」說著，趙大同帶頭刨了第一鎬，山民跟隨在他身後興高采烈把種子撒入地裏，同時也把愚蠢統統埋入土地裏。當他們順利完成春播任務後，閒情逸致時，趙大同又討來西瓜籽、香瓜籽、花生籽、芝麻籽，讓山民回家輪換著在自留地裏種下去，他說秋天收穫時都是錢。

山民們不相信，但還是願意被他安排得團團轉，而且互相伸舌打諢逗樂說：「這小子想把咱們爺們累趴蛋，他要獨吞女人咋地？」

山民的話傳到趙大同耳朵裏他也不怒。

山民便笑顏逐開地說：「看見沒有？他那玩藝尚未長成半個卵子不圓。」

其實不然，十七的他性早熟，知青中相好的挺多。那天隊上放電影時他中途回點就看見老知青摟著一個女知青，儘管他當時什麼也沒說，但喉嚨裏卻產生了性意識的湧現，從此這種衝動時常折磨他，渴望實現。後來他又聽說男女知青睡在一條炕上，被保衛人員全部堵在屋子裏，謠言四起，他為此險些被撤了隊長一職。幸而他年齡小，沒人拿他當回事，但他心中有了性意識這又不是好事，曾幾何時他對女孩子比較重視。

那年夏天恰巧來了一位知青藍天姑娘，趙大同每天早晨派活時都揀輕活派給藍天姑娘，說不出是什麼原因，他一見藍天姑娘渾身就不自在，好像有話想對她說，一時又不知說什麼才好。就這樣，鏟頭遍地時他把她留在身邊，他緊緊挨著她，一邊幫助她鏟地一邊與她說笑話。她輕鬆了幾天，而他也開心了幾天。

鏟二遍地時莊稼沒腰，看見她彎腰時的乳房，他就產生想抱一抱她的慾望，可是到處是眼睛，他只好眼巴巴看著她，就是不敢想入非非。夜裏睡覺時把床鋪壓得吱吱響，那手不知為什麼總在那地方，醒來時褲子裏濕濕的。終於有一天他這種現象被老知青發現了，暗中為他牽線搭配，好心人把他的單相思傳到了藍天姑娘耳朵裏，她先是臉紅低下頭，後來笑著跑遠了。那些好心人找到他說：「成功了，你就等著吃喜糖吧。」

鏟三遍地時，莊稼足有一人高了，這天下午，趙大同把所有人都派到了西岸，單獨把藍天姑娘留在東岸。玉米麵地裏正處拔節期，清脆的玉米拔節的聲音吧吧直響，使他情不自禁回頭望了一眼藍天姑娘，恰巧她用衣襟乘涼，胸部那兩塊肉鼓鼓的東西衝著他直挺拔，他渾身如同著了火一樣忽然抑制不住自己，扔掉鋤頭撲了過去。一摟抱，她竟然不掙扎，渾身上下讓他產生了輕飄飄的感覺，天生就沒有抵抗男性的力量。他大喜過望，任意摟著，兩隻不老實的手在她的乳房間摸索著。

日影西斜，他聽見身邊有水嘩嘩響著，緊走幾步他就看見一條河橫在眼前。這條河約的三十多米寬，一座獨木橋橫跨東西兩岸，往上游走是一座大水庫，水源就是從這裏面流來的。

水聲如歌，彷彿把年年月月的感情都唱進這歌聲裏，岸畔芳草淒淒，野花飄香，水面平靜清澈見底，甚至望得見有魚在躍。他跪在一塊青石上雙手掬水咕咕喝了一氣，浸得他滿腹喊涼。喝畢，他精神振奮，粗獷地叫喊著，馬上震盪得水波直響。

恰巧是傍晚，河水綠森森的嚇人，河風輕輕吹撫著他的神經，要多涼爽有多涼爽，他頓時感受到毛孔都在舒暢張開。他在河邊小路輕鬆走著，潮濕的沙灘留下他輕快的步子，他一路緊走，於是他就忘了腳下漫長的路。此刻，沒有人打攪他甜蜜的夢境，只有河水嘩嘩響著，伴隨微風輕輕哼唱。

他快步朝前疾走，水波也跟隨著朝前疾走，他使勁叫喊著，河水就隨著他的叫喊聲打著旋，他索性脫掉衣服撲入河裏，像魚一樣朝河對岸游去。正游著，他忽然發現不遠處有一個穿紅色泳衣的女孩子朝這方游來，他本能地欲躲，於是閃身側遊，不料那女孩子竟敢追了上來。

雖然這時天空以黑，朦朧中仍舊望得見河面上的點點人影，他上了岸，急忙穿衣服。等到他一切整理好後，卻獨獨不見了那個紅衣女孩子。他有些亂了方寸，不知如何是好，假如那女孩子發生了什麼意外怎麼辦？他應當如何交待呢？

當天空完全黑下來後，他已經看見了家家戶戶微弱的燈光，他催促自己該走了，可是不知為什麼，他忽然感到雙腿以沉，挪不動了，於是他就靠近一塊石頭上靜靜坐著。

稍許，就有圓圓的月亮從東山梁上爬上樹梢，那模式如同明亮的茶盤掛在天上。河岸極靜，在月的輝映下泛著亮光，他默默注視著，心裏在翻江倒海。

忽然，他感覺背後發熱，疑心是野獸擊，他猛然轉身，細看，喜出望外，原來穿紅色泳衣的女孩子是藍天姑娘，他受不了這突如其來的喜悅，忘情地撲了上去，一把摟住她，把藍天姑娘壓得透不過氣來。藍天姑娘也不抵抗，任他的手在她的身上胡作非為，這一夜，他們是在河邊度過的。

當東方發白時，遠山近水都有了輪廓，隱隱約約望得見路邊的樹木，連地上的小草都有了印象，唯獨那慘人的大嶺黑壓壓的看不到頭。這時一股清涼的風從河邊刮過，他感覺渾身發冷，情不自禁抱起藍天姑娘親了又親，她勾住他的脖子孩子般不肯撒手。眼看天就要亮了，他這才與她戀戀不捨一前一後離開，朝山下的小路迅速跑著。

村頭，一群山民站在那裏，有知青有男人也有女人，他們一個個橫眉立眼，見他和她走到這裏，馬上有人上前詢問：「你怎能才回來？讓我們找了一夜。」

「真的？」他的心震撼了，多好的山民啊！面對眾人他居然無言以對，忽然他編出一個理由，他說：「我們到河裏洗澡去了。」說罷，他羞愧地躲藏在知青點裏不肯出來。

吉祥溝的山民第一次早晨上工時沒有人派活，然而他們卻默默去幹活了。昨天隊長分配他們幹什麼，今天照常幹什麼，這就是吉祥溝的山民。

因為有了那些事，他在人前竟有抬不起頭的感覺，派活時他沒有了過去時居高臨下的氣概，只是隨時隨地點著名字，叫到藍天姑娘的名字時他連名字也不叫，瞅著她說：「妳跟誰誰去幹活。」

他不敢再帶藍天姑娘一起幹活了，也不見了他往日的笑容，雖然藍天姑娘多次找他，都被他以工作為藉口拒絕了。看不見藍天姑娘他心裏又想，從生理到心理他都有著莫名其妙的壓抑，額頭上增添了幾道抬頭紋，深深的，如同被犁過的壟溝。

這期間，他心裏總是想著藍天姑娘，想著與她第一次的肉體接觸。因為心裏想著藍天姑娘又不敢去看望，他便派張二寡婦去看看。

有一天，好心的張二寡婦把他拉到偏僻處，輕聲對他說：「藍天姑娘懷孕了！」

這消息如同晴天霹靂震盪他頭冒金星，他第一次感到人生的艱難，他沒有主意了詢問張二寡婦有什麼好方法，張二寡婦微笑著說一切交給她來處理吧。

張二寡婦是吉祥溝最風流的女人，隊裏的男爺們幾乎沒有不上她炕的，對這事她滿口應承。張二寡婦找到藍天姑娘勸告她打掉孩子，這樣對趙大同有好處，可是藍天姑娘說什麼也不同意，非要結婚不可。張二寡婦就把藍天姑娘領回家做了三天三夜思想工作，又山盟海誓表了態度，藍天姑娘這才勉強同意隨她進了城，總算是了掉他的一塊心病。

然而，天有不測風雲，在城裏住下後，藍天姑娘忽然變卦了，這可是張二寡婦萬萬沒有料到的。藍天姑娘住在城裏沒有回來，張二寡婦獨自哭天抹淚地回來了。這時緊張的秋收開始了，他沒有時間再為自己的事傷腦筋，一切順其自然。

這一年又是一個豐收年，玉米、高粱、大豆都是大豐收。吉祥溝出名了，他也跟著出名了，報上有名，廣播有聲，幾家報刊同時報導著他的先進事蹟。於是，知識青年挑重擔成了城鄉共建的熱門話題。然而，與此同時，隨著他的名聲越來越大，以往那些風流事隨著他的名聲也在四處悄悄張揚。治保主任早對他這隊長職權垂涎三尺，趁機把事捅到公社，讓上面領導發下文件，追究知青的責任。果然，文件一下來就落到治保主任的手裏，他如獲至寶地騎上自行車進了山溝，開始一家家走訪。山民們發現誰家女人漂亮，治保主任就會尋找藉口走訪多次，整個秋天治保主任沒有閒著。

又是一個雪花飄蕩的季節，吉祥溝一年一度改選隊長開始了，趙大同知道自己當不上隊長，他忽然感到肩上的擔子似乎輕鬆不少，話也多了，人比以前開朗多了。

選舉那天，治保主任主持會場，趙大同站在門外大有無顏見江東父老的感覺，憑印象他知道這次改選隊長他是不能再幹了。可是唱票時卻出現了高潮，趙大同的票數仍舊是全隊最高的，除了他沒有投自己的票，全村人都投了他。這讓治保主任不甘心，叫喊著再選一次，趙大同也想再選一次，然而山民不幹了，拿莊稼漢尋開心咋地？

其實吉祥溝的人認定趙大同是一個好材料，雖然有那些事，但他是與自己的同類合作，只要年輕人願意，合理合法沒有人追究。再說知青不也與他們自家婆娘亂搞，管他們那些事幹什麼，有錢不要還需要什麼？於是，吉祥溝裏的人齊心協力趕走了治保主任，仍舊選趙大同為隊長，治保主任則白忙了一秋天。在會場，趙大同只說一句話：「我一定讓鄉親們的腰包有錢！」

然而，就這一句話讓治保主任告到了公社，說趙大同作風有問題，思想感情也有問題，是專抓生產唯生產力論的典型，還要組織批判。

此風一出，謠言四起，趙大同再次陷入難堪之中。那些日子他幾乎成了監督對象，他走到哪裏都有治保主任安排的人跟蹤，幸而知青有人出面才把這事壓下了，趙大同過了一個好年。

開春時，沒有人張羅種地，山民為了不讓他們揭杆而起集體上訪，把治保主任告到市裏，說他利用職權強姦婦女。

這還了得？什麼人敢如此膽大妄為？市裏馬上派人調查。那些被治保主任強姦的人不敢作證，於是治保主任說這是誣陷，要定他們的罪。就在這緊急時刻，張二寡婦挺身而出，當著有關人員的面說出此事。有人厲聲問有無此中，張二寡婦挺著胸脯滿臉不紅不白地說：「有哇，治保主任的雞巴又粗又硬，把我整得火辣辣的。」

從此，吉祥溝流傳一個故事，張二寡婦一句話就把治保主任送進了監獄。

重新恢復隊長職務的趙大同想方設法打聽藍天姑娘的消息，那些回家的知青告訴趙大同說藍天姑娘沒做人流，她結婚了，嫁給一個老司機。

初聽此訊，趙大同不相信，如此愛他的藍天姑娘怎能結婚呢？而且事先一點苗頭也沒有，他感到意外，其他人也感到意外，誰也不相信這是真的，然而這事的確是真的。

他惶惶不安，又毫無辦法，藍天姑娘在城裏他在山裏，緊張的生活讓他們無法溝通。每天每天，他只有在夜裏歎息，淚灑青山。季節到了，農活不等人，他失去了藍天姑娘的同時也等於失去了往日的壯志凌雲，整天沒精打采。

見此情形，山民們著急了，人誤地一時，地誤人一年，群龍無首這還了得？有經驗的山民馬上找人為他介紹對象，可他對此一點興致也沒有，還有人串聯知青姑娘故弄玄虛，在他面前亮出自己的白腿以刺激他的欲望，可他仍舊連看都不看。只有張二寡婦使他動了心。

那天，張二寡婦藉口說天太熱，順手就把衣服脫光了趴在那裏等美事，他勸告張二寡婦穿上衣服別讓人瞧不起，可是張二寡婦不肯起來，氣得他一盆涼水倒在她的肚皮上，刺激得她跳起來罵他不識好歹。

事後，張二寡婦與男人做愛時將此事說了：「老娘誠心誠意讓他做，他卻拿水倒我，真他媽不是東西。」

男人興奮地在她肚皮上顫動，開著玩笑說：「你也不看看自己這老東西鬆鬆的，像團棉花激不起性感，誰喜歡啊？」

「放屁！」張二寡婦氣急敗壞，一腳就把男人踹了下去。

事後，張二寡婦尋思著合房時是不能突然襲擊的，否則男人有送命的危險。從此，張二寡婦與男人性交時都把男人抱得緊緊的，直到男人散了架發洩完她才肯鬆手。雖然是一個老女人，但每次與男人做愛時她都想起趙大同，同時想起女兒翠萍，她想成全女兒與趙大同的婚姻。

也許她想這事想得太心急了，只要趙大同在跟前，她就把女兒翠萍叫來。有一天，她把女兒叫來帶到他們知青點，見屋子裏沒有外人，張二寡婦靈機一動說是給女兒裁衣服，索性將女兒的衣服扒個淨光。趙大同一見翠萍白花花的身子真的有些春心浮動，當他想撲上去時又不忍心碰壞翠萍的處女膜，於是在關鍵時他又退了下來。張二寡婦見此臉皮也不要了，一把揪住他非讓他與女兒發生關係不可。

他怒吼著：「這是幹什麼？」然後一巴掌打在張二寡婦的老臉上。

為這，張二寡婦哭得死去活來。她哭的不是女孩子的名聲，而是自己的女兒不聽她的勸告，不肯嫁給知青這才是她哭泣的原因。在她看來，只要有知青睡了女兒，從此女兒就是半個城裏人了，她這老寡婦也算光彩。

一計不成便生二計，張二寡婦不愧是風流人物，她見三番五次被趙大同趕出來，以為他怕羞。於是她趁夜深人靜時悄悄溜進他的房間，結果還是被趙大同踹了出來。

張二寡婦怒髮衝冠：「你他媽別拿雞巴當寶貝，老娘我見多了，若不是你當隊長，把隊裏搞富了，誰願意死皮賴臉讓你操。老的不行換嫩的，你居然無動於衷不識好歹，瞎了老娘一片苦心，你他媽還有良心嗎？你弄三兩棉花紡紡，哪個爺們見了我不低三下四求我，可是你算什麼是男子漢嗎？白長了那根棍！」

張二寡婦罵著罵著，忽然哭泣，淒淒慘慘的。事已至此，趙大同明白了，這些沒有文化的山裏人為了報答他這當隊長的辛苦，心甘情願貢獻自己，包括讓人珍惜的情和愛。趙大同十分感動，短短幾天他就把隊裏的活派得井井有條，張二寡婦見此臉上露出了笑容：「這孩子就是好，有這樣的男人在身邊還需要什麼？」

趙大同這一招讓張二寡婦心領神會，她讓自己的女兒翠萍幫助趙大同，然而趙大同一想起藍天姑娘精神頭就沒了。山民們湊在一起商量對策，終於他們找到了一條妙計，他們決定派張二寡婦進城找藍天姑娘。

這一天，張二寡婦收拾好需要的東西帶著全體山民的重託，風塵僕僕進城了。在城裏，張二寡婦意外的造訪讓正在奶孩子的藍天姑娘嚇了一跳，一年不見，藍天姑娘腰也粗了，臉也胖了，懷裏的孩子同她一樣也是白白胖胖。張二寡婦的到來給藍天姑娘一個措手不及，她看著張二寡婦不知說什麼才好，幸而藍天姑娘的丈夫不在家。

坐了一會兒，張二寡婦說：「我來這裏沒有別的事，就是想來看看你，怪想你的。」

張二寡婦一面說一面將從山裏帶來的山貨倒在床鋪上，還把一包榛子放在床上說：「這是趙大同特意為你準備的，他說你最愛吃這種東西了。」

藍天姑娘順水推舟地說：「他還好嗎？」

張二寡婦說：「不好，你們的事讓他傷腦筋，我這次實際上就是為他來的。」

張二寡婦說著忽然問著：「你什麼時侯結的婚？男人對你好嗎？」

藍天姑娘先是不說話，只是抹眼淚，後來見躲不過只好如實說出原委。原來藍天姑娘進城做人流時，不知誰告訴了她病中的父親病情加重，不久於人世。父親一走，家中生活水準更加艱難，母親急火攻心，沒幾天也離開人世，剩下她無依無靠，欠了一屁股債。恰巧她的哥們有一個朋友，把她撮合給了一個老司機。那人有點錢，幫了她不少忙，為表示感激與還欠款，她便以身相許，但她有一個條件就是允許她生下肚子裏的孩子，老司機不願意卻默許了，於是兩人登記結婚。

聽到這裏，經驗豐富的張二寡婦什麼都明白了，她勸了藍天姑娘一番後忽然問她：「你還喜歡趙大同嗎？」

藍天姑娘流著淚水說：「不喜歡，我能撐破肚皮生下他的種嗎？」

張二寡婦心一橫說：「好，你馬上跟我回去。」

張二寡婦就將此目的和趙大同的表現統統細說一遍，沒聽完全，藍天姑娘就昏了過去。

「這是怎麼搞的？咋都有這樣的病啊？」張二寡婦費盡心機才救醒藍天姑娘，藍天姑娘說這事怨不得趙大同，都怪自己當時心煩意亂才做了這種蠢事。

這天，張二寡婦要走，藍天姑娘不讓，兩人在城裏逛商店逛公園走了許多地方，樂得張二寡婦說：「這一輩子認識知青值了。」這天夜裏，藍天姑娘與張二寡婦談了許多。臨走時，藍天姑娘為趙大同寫了一封信，便與張二寡婦灑淚而別。以後藍天姑娘的生活很好，但那根思念的琴弦總是在她心頭彈起，如泣如訴，吉祥溝的山民們的行為讓她這一生都難以忘記。

回村後的張二寡婦成了新聞人物，山民們三番五次找她詢問城裏見聞，張二寡婦興高采烈述說著藍天姑娘家裏的擺設。她笑顏逐開地說：「你看人家的沙發軟軟的，坐上去如同睡覺一樣飄飄忽忽的，連身子都陷入半截，哪能像咱們山裏炕上有張席子就不錯了。再說街頭上到處是川流不息的車輛，像害蟲一樣一輛接一輛，不容你站穩就沒了影，回家時若不是老娘扒住車門，下輩子休想再回到這個窮山溝來。」

有的山民說：「感情爺們出錢白讓你外出旅遊。」

張二寡婦說：「怎能白去呢？那孩子命夠苦的，怪可憐的，你們就別再難為她了。」

說著，張二寡婦忽然抹起了眼淚，那些爺們剛強的性格讓他們見不得女人的眼淚，一個個心酸得受不了。坐了一會兒，他們見問不出什麼各自散了。在他們看來知青的事就是樂子，有這事可笑，沒這事也可笑，現在他們看出在張二寡婦這裏討不回什麼樂了，就統統回到自己家裏找婆娘樂哈去了。

當屋子裏只剩下張二寡婦時，她見沒有旁人了匆忙叫來女兒翠萍，讓她馬上交給趙大同一封信。當趙大同接過信一看沒有郵票時，他馬上猜測出這是藍天姑娘寫給他的，迫不及待拆開一看，他倒吸一口涼氣，信的內容是這樣：

「趙大同你好嗎？請原諒我不辭而別，離開你和吉祥溝我心裏十分難受，可我當時實在是毫無辦法。我們的事都對張二嬸說了，你知道後別為我難過，人的緣分有時是天註定的。雖然我們相愛卻不能在一起生活，這滋味比黃蓮還要苦十幾倍，你知道那些日子我是怎麼樣度過來的嗎？我當時都要愁瘋了，一邊是你的深情厚誼，一邊是痛心疾首的選擇，為了債務問題我沒有退路。現在是我離開了你，希望你不要難過，振奮起來為改變山區的落後面貌努力貢獻自己的青春。如果你能讓山區的人富裕起來，就算我沒有白認識你，吉祥溝的人也不會白認識你。你知道嗎？你的命運拴在了他們身上，希望你不要傷了他們的自尊心。」

信寫到這裏就結束了，沒有落款，沒有日期，像昨天寫的，又像剛剛寫的，像以前寫的，又像現在寫的。趙大同反覆讀了幾次，淚水也流了幾次，他現在極其失望，他決心把藍天姑娘接回來，可是現實讓他痛心疾首，他做不到，唯一的辦法就是盡可能讓吉祥溝的人早日富強。

夜已經深了，趙大同仍在為吉祥溝發家致富設計著一套方案，翠萍站在他身後，看她那模樣就像在桌子上燃燒著他們的心靈。很快，他就寫出了這份長達一萬字的方案。見他寫完了，張二寡婦為他們蒸了一碗熱氣騰騰的雞蛋羹，他邊喝邊對張二寡婦說：「張嬸嬸，麻煩你通知各家各戶勞動力到你家開會，我跟他們談談吉祥溝的遠景規劃。」這是趙大同第一次如此心平氣和與張二寡婦說話，喜得她老淚縱橫，連連說：「好好我這就去，我這就去。」

張二寡婦風風火火出去喊人，不一會兒工夫，吉祥溝的所有山民陸續來到張二寡婦家裏，有的睡眼惺忪，有的邊走邊繫褲子，來到張二寡婦家裏後也不客氣找地方就坐，實在沒地方坐的乾脆就站著。

趙大同見人來齊了，就說：「現在開會，今天請大家來目的就是發展吉祥溝的產生……」

趙大同將同民們盼望已久的修路方案，及對山溝的大膽規劃一一作了講解，聽得山民們大眼瞪小眼進入了迷惑狀態，直到趙大同講完了他們尚未緩過勁來。這是山民們從來沒有聽說過的致富方案，有些問題他們想都不敢想，現在讓知青替他們想到了。

當所有人都為此事拍手稱快時，趙大同號召著：「我們的任務非常明確，現在就差錢了，希望大家想方設法把錢搞到。」

誰知一提錢，會場上馬上沒人吭聲了。

張二寡婦來了情緒：「沒錢就別修路，老娘豁出這身肉也要來個好價錢。」

一句話把人們逗樂了。趙大同心裏陡然一沉，望著比他娘還大幾歲的張二寡婦，他的精神驟然一顫，喉頭打結，他哽咽地說：「張嬸嬸，你就不必再想歪門斜路了，我已經考慮好了：開山炸石。只要路一通不愁石頭賣不出，大家回去準備，天亮進山！」

「這下我們有盼頭了。」山民們呼啦啦離開，只有張二寡婦嚶嚶哭泣，她活了一輩子只有此時才醒悟自己為什麼活著。

開山炸石是山裏人的拿手好戲，第一天上工他們如同裝滿了炸藥的雷管憋足了勁，一炮就炸了幾十車石頭。趙大同從城裏請來一個懂得修路的施工員，歷經艱難險阻總算將這條通向山外的路修通了一半。然而新的問題又出現了，砸碎的石頭運不出去，堆積如山。趙大同與鄉民們發愁，有的人要求散夥，面對新的困境他們實在是無能為力。就在他們一籌莫展時，藍天姑娘和她的丈夫帶來了幾輛卡車，吉祥溝的人如同盼到了救星，把珍藏多年的野味拿來招待他們，藍天姑娘說他們一行就是為了吉祥溝石場來的。

為了錢，同民們長途跋涉翻山越嶺，肩挑背扛，一袋袋，一筐筐，將的石頭運到修好的道上，再由藍天姑娘請來的車隊運出山外。短短一個多月，儘管裝了兩個車皮，但不久他們就收到了三萬元，這在當時是不小的數字。

當趙大同把三萬元護送到山溝時，全體山民興高采烈扭起了大秧歌，還擺了一台二人轉，連續唱了幾天大戲。記得銀幕上演電影《紅嫂》時，銀幕下有人膽大伸手撫摸張二寡婦的兩個奶子，張二寡婦高興得真當眾掏出來趁機使勁一擠，那奶水像抽水機似的射出一條水柱，噴泉一樣落在人們的臉上。有人叫喊，吉祥溝第一次如此熱鬧。

入夜，幾顆殘星掛在空中，從吉祥谷方向刮過來一股兇惡的涼風，不停地嘶吼著。趙大同見山民們鬧意不減，忽然想起那三萬元還在隊部他有些不放心，快馬加鞭朝隊部趕來，當他看見那些錢還在時他的心這才安穩。接下來，他要把這些錢連夜分掉，一半分給山民，一半留用修路。在隊部裏，分到錢的山民把趙大同抬起來叫喊著，有人高呼：「隊長萬歲！隊長萬歲！」嚇得趙大同急忙止住他們：「不要這樣叫，會挨批判的。」

果然，沒過半月，上面就來了人，說他們抓生產不抓階級鬥爭。這時山民們根本不聽上面來人說什麼，錢越掙越多，山民的幹勁十足。有的人家裏十幾個人都參加修路，比城裏還富裕。半年後，這條路終於修通了，山與城第一次連接，情與愛也在發展著。石頭源源不斷送進城裏，變成一把把票子，山裏人第一次有了滿意的錢，男女老少開始打扮起來。

要說最不容易的就是藍天姑娘兩口子，他們整天來回跑這條線路，吉祥溝把石頭賣給他們，有的山民想把錢給他們分一點，可是藍天姑娘的丈夫說什麼也不要。還是張二寡婦有辦法，她說與藍天姑娘進趟城買件好衣服送給她，卻不幸在途中出了車禍，除司機外，張二寡婦和藍天姑娘，還有她的孩子都遇難了。

噩訊傳來，吉祥溝的人穿著白孝守靈，趙大同受不了如此打擊生病住院。山裏人群龍無主，剛剛建成的公路半途而廢。就在這時，改革開放開始了，知青們大返城。趙大同在城裏當了工人，平平靜靜生活著，一晃就是十幾年。前些年，人們都在經商跑買賣，他也辦了留職停薪開辦一間文化公司，寫出許多知青題材的小說，賺了幾十萬後便被調到出版局屬下的一個雜誌社當編輯。

幾年後，不知為什麼他覺得自己如同作夢似的，根本想不到自己會成為作家編輯什麼的，忽然想起了過去的歲月，於是他就乘車來到了這片迷人的風景區。

三十年後，當趙大同再次來到吉祥溝時，當年的知青點已經人去屋空，住上了不知什麼樣的人家。他上前敲門，不一會兒，從屋子裏走出一個中年婦女詢問他找誰，他報了一下自己的名字。

那婦女一聽猛然一跳雙手一拍：「是你呀隊長？」

趙大同一點頭，這才認出眼前的婦女就是當年那個張二寡婦的女兒翠萍。

翠萍樂得合不攏嘴，拉著他進了屋子，順手從冰箱裏拿來啤酒說：「要什麼只管開口，冰箱裏什麼都有，要我也行。」

趙大同一愣，怎麼跟她娘一樣，活脫脫張二寡婦第二。趙大同決定在她家住下，一來是為了過去時的人情，二來是為了懷念張二寡婦，三來現階段男女之事也比較開放，他們之間人到中年正是彼此需要的時侯。

然而，山溝裏有句諺語，七月天孩子臉說變就變，剛才還是豔陽高照的天氣，眨眼間就烏雲密佈暴風驟雨。吃罷午飯，雨過天青，趙大同忽然聽見有人唱歌：「山裏的石硬梆梆，水裏的石頭滑涼涼，心裏的石頭壓心腸……」淒涼悲傷的歌聲像細細的蚊蠅，斷斷續續爬過門窗鑽入他的耳朵，這歌聲是如此的熟悉。他一驚，趕緊從床上爬起來怔怔望著窗外，靜靜判斷著聲音的方向。這時他忽然想起了藍天姑娘，她總是在夜靜人稀的時侯唱這首歌，現在聽到這首歌，不知為什麼，他忽然產生了一種久遠的感受。

趙大同輕輕走出門外，歌聲還在唱著是從井臺發出來的，他緊緊走了幾步奔到井前，除了幾棵果樹和他熟悉的水桶外，什麼人也沒有。是誰唱的呢？他繞過井臺，最後在柴垛旁邊發現了翠萍，他驚喜地問著：「是你在唱？」

這時他想起了張二寡婦，心裏極不自在，想勸一時又找不到恰當的話，只好說：「陪同我到上游去一趟吧。」

「好吧，這裏是你的世界。」翠萍陪同他來到上游。

吉祥溝比從前富裕多了，磚瓦房一棟接一棟，果園一座連一座，路旁的樹都長高了，唯獨大山依舊，河水依舊。在那座木橋上，他忽然站住了，先前的人影一個個向他走來。人真是怪物，三十年時間過去了記憶猶新，他感到往事如昨十分清晰。

默默走了許久後，他忽然問翠萍：「這裏還有人來嗎？」

他問著，眼神裏透露出一片迷茫，他希望聽到說有人常來。可是翠萍說：「沒有了，不過每年這時都有一群知青乘車來到這裏照相或者野浴。」

他又問：「其他人還有人來嗎？」

翠萍說：「沒有了，呃，還有一個。」

「他是誰？」

「藍天姑娘的丈夫，就是那個司機，他每年都要給吉祥溝贊助十幾萬元。」

「噢，看來以後我也要為這裏贊助了。」趙大同不再說話，寂靜。

趙大同在山裏住了幾天，這幾天他哪裏也不去，就在這座橋上默默想著。臨走那天早晨他忽然對翠萍說：「抽空給你娘燒幾張紙吧，她是一個好女人。」

翠萍說：「你們城裏人也信這個？」

趙大同有些異樣，激動地說：「不是信這個，你娘是我當隊長的引路人，如果沒有她的幫助我不會戰勝那些困難，還差點自殺。吉祥溝能有今天我能有今天有你娘一半功勞，她是吉祥溝的有功之臣！」

翠萍聽後使勁點頭。他的話讓翠萍看到了希望，兩人在這裏再次抱在一起，以這種方式紀念老人。

陽光燦爛的時侯趙大同走了，他匆忙的來又匆忙的走，這在他生命的歷程中這還是第一次。他不知以後還會不會來，也不知自己的身體還允許他來不來這裏，一切都不得而知。

令人感動的是在趙大同走後的第二天，翠萍天天站在娘死的地方朝遠方眺望，一天兩天，一月兩月。她相信，總有一天，她們的隊長還會從這條路上再次出現。

後記

這部短篇小說集是我的創作總結，絕大多數是以前寫出的，把這些小說複製在一部書裏，是想給讀者一個交待。

現在的短篇小說好寫好讀卻不好出版，已經沒有了往日那種家喻戶曉的感覺，有臺灣出版商出版這部短篇小說集也是幸運。

我想說的是，不論什麼年月，不論哪個國家，小說都是讀者閱讀的速食，是精神食糧。不要說不讀小說，不要說沒有文學，哪怕不看電視都有遺憾。尤其是現在的讀者已經掌握數不清的閱讀本事，專心致志讀小說的人少之又少，但不是沒有。

能讀小說的人首先是愛小說的，其次也是愛文學的，在他們或她們心裏，文學仍舊存在，仍舊佔有第一地位，這也是為什麼千古不變的是文學。

我還需要說明的是，小說是影視業的核心，有小說才能有影視業；沒有小說，可能影視業存在就會缺少什麼，小說是藝術的中心。既然如此，小說也是人的心靈中心，心裏有多少小說，有多少文學，要看讀多少小說，這或多或少就是我的小說觀。希望讀者多讀小說吧，陶醉在小說中。

釀小說15　PG0927

土地的吶喊

作　　者	曹　秀
主　　編	蔡登山
責任編輯	林泰宏
圖文排版	彭君如
封面設計	陳佩蓉
出版策劃	釀出版
製作發行	秀威資訊科技股份有限公司 114 台北市內湖區瑞光路76巷65號1樓 電話：+886-2-2796-3638　傳真：+886-2-2796-1377 服務信箱：service@showwe.com.tw http://www.showwe.com.tw
郵政劃撥	19563868　戶名：秀威資訊科技股份有限公司
展售門市	國家書店【松江門市】 104 台北市中山區松江路209號1樓 電話：+886-2-2518-0207　傳真：+886-2-2518-0778
網路訂購	秀威網路書店：http://www.bodbooks.com.tw 國家網路書店：http://www.govbooks.com.tw
法律顧問	毛國樑　律師
總 經 銷	聯合發行股份有限公司 231新北市新店區寶橋路235巷6弄6號4F 電話：+886-2-2917-8022　傳真：+886-2-2915-6275
出版日期	2013年3月　BOD一版
定　　價	260元

國家圖書館出版品預行編目

土地的吶喊 / 曹秀著. -- 一版. -- 臺北市：釀出版,
2013.03
面； 公分. -- (釀小說 ; PG0927)
BOD版
ISBN 978-986-5871-17-8(平裝)

857.63 102002143

讀者回函卡

感謝您購買本書，為提升服務品質，請填妥以下資料，將讀者回函卡直接寄回或傳真本公司，收到您的寶貴意見後，我們會收藏記錄及檢討，謝謝！

如您需要了解本公司最新出版書目、購書優惠或企劃活動，歡迎您上網查詢或下載相關資料：http:// www.showwe.com.tw

您購買的書名：________________________________

出生日期：________年________月________日

學歷：□高中（含）以下　□大專　□研究所（含）以上

職業：□製造業　□金融業　□資訊業　□軍警　□傳播業　□自由業

□服務業　□公務員　□教職　□學生　□家管　□其它_____

購書地點：□網路書店　□實體書店　□書展　□郵購　□贈閱　□其他

您從何得知本書的消息？

□網路書店　□實體書店　□網路搜尋　□電子報　□書訊　□雜誌

□傳播媒體　□親友推薦　□網站推薦　□部落格　□其他__________

您對本書的評價：（請填代號　1.非常滿意　2.滿意　3.尚可　4.再改進）

封面設計____　版面編排____　內容____　文／譯筆____　價格____

讀完書後您覺得：

□很有收穫　□有收穫　□收穫不多　□沒收穫

對我們的建議：________________________________

____

____

____

請貼
郵票

11466
台北市內湖區瑞光路 76 巷 65 號 1 樓
秀威資訊科技股份有限公司 收
BOD 數位出版事業部

（請沿線對折寄回，謝謝！）

姓　　名：＿＿＿＿＿＿＿　年齡：＿＿＿＿　性別：□女　□男

郵遞區號：□□□□□

地　　址：＿＿＿＿＿＿＿＿＿＿＿＿＿＿＿＿

聯絡電話：(日)＿＿＿＿＿＿＿＿（夜）＿＿＿＿＿＿＿＿

E-mail：＿＿＿＿＿＿＿＿＿＿＿＿＿＿＿＿